Günter Grass

Die Plebejer proben den Aufstand

Ein deutsches Trauerspiel

Luchterhand

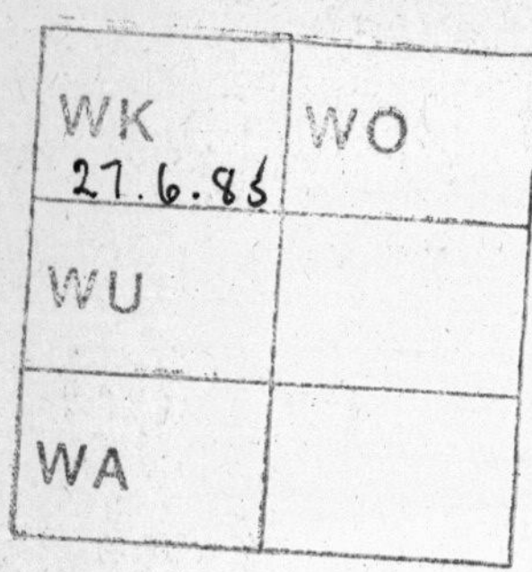

Sonderausgabe in der Sammlung Luchterhand, Oktober 1977
7. Auflage, März 1985

Lektorat: Klaus Roehler
Umschlaggestaltung: Kalle Giese, Darmstadt, unter Verwendung eines
Umschlagmotivs von Günter Grass
Gesamtherstellung bei der
Druck- und Verlags-Gesellschaft mbH, Darmstadt
ISBN 3-472-61250-9

Aufführungsrechte bei Gustav Kiepenheuer Bühnenvertriebs GmbH,
1 Berlin 33, Schweinfurthstr. 60

»Die Plebejer proben den Aufstand« wurde am 15. 1. 1966 im Schiller-Theater, Berlin, unter der Regie von Hansjörg Utzerath uraufgeführt.

Die Plebejer proben den Aufstand

Personen

Der Chef
Erwin
Volumnia
Litthenner
Podulla

Rufus
Flavus
Brennus
Coctor
Varro

Kowalski

Kosanke

Friseuse
Polier
Maurer
Putzer
Wiebe
Damaschke
Steinträger
Strassenarbeiter
Mechaniker
Zimmermann
Strassenbahner
Schweisser
Monteur
Eisenbahner

Erster Akt

1. Szene

Im Vordergrund rechts stehen ein Regietisch, ein bequemer Lehnstuhl und ein kleiner Tisch für den Chef mit Büchern und Manuskripten. Auf der anderen Seite ein Tonbandgerät und ein Archivkasten. Das Rom Coriolans in markierter Dekoration. Litthenner schleppt eine Schneiderpuppe mit dem Kostüm des Coriolan auf die Bühne. Mit Regiebüchern folgt Podulla. Beide betrachten kritisch die Coriolanpuppe.

LITTHENNER:
Schnürboden! Hänger hoch!
Die Hänger, markierte Fassaden, gehen hoch.

PODULLA:
Warum ändern wir Shakespeare?

LITTHENNER:
Der Chef sagt, weil wir ihn ändern können.

PODULLA:
Nach neunundneunzig Versuchen: Warum aber ihn hier. Coriolan? Ihn, der stolz bis zum Hochmut, dennoch selbstlos, dabei ungerecht, starrsinnig ist. Ihn, aus Widersprüchen gefügt. Ein Berg, Koloß, nicht abzutragen.

LITTHENNER:
Der Chef will zeigen, daß Coriolan zu ersetzen ist.

PODULLA:
Er stürmt im Alleingang Corioli.

LITTHENNER:
Ein Kriegsspezialist.

PODULLA:
Nein, ein Gigant, schicksalgetrieben und umgeben von Plebs.

LITTHENNER:
Immerhin sind die Plebejer entschlossen, ihn umzubringen. Er diktiert die Kornpreise.

PODULLA:
Und spuckt ihnen ins Gesicht. Die Plebejer sind ihm lächerlich. Hampelmänner sind ihm die Volkstribunen.

LITTHENNER:
Plebejer und Tribunen will der Chef aufwerten, damit Coriolan auf klassenbewußte Feinde stößt.

PODULLA:

Er ist sich Feind genug. Coriolan besiegt Coriolan.

LITTHENNER

Bei uns siegen die Plebejer.

PODULLA:

Ich kenne seine These: Nicht wirre Revoluzzer, bewußte Revolutionäre will er sehen. Schaffen wir es?

LITTHENNER:

Die erste Szene steht, hoffe ich.

PODULLA:

Weil der Chef seine Plebejer im Kostüm proben läßt. Dreimal schon wurde die Bauch- und Gliederfabel gestrichen.

LITTHENNER:

Um sie erneut diskutieren zu können.

PODULLA:

Wir ändern an Änderungen. Basteln darf ich seit Wochen an dieser Kleiderpuppe. Durch die Mangel hab ich das Zeug drehen müssen.

LITTHENNER:

Sag was du willst, wieder einmal hat der Chef seinen Stil gefunden.

PODULLA:

Abgewetztes Leder und Drillich.

LITTHENNER:

Die Arbeitskluft eines Kriegsspezialisten.

PODULLA:

Dieser Coriolan vermag allenfalls Vögel zu scheuchen, doch niemals die Plebs unterm Daumen und Roms Gegner in Schrecken zu halten. Coriolan, dem das Siegen wie ein- und ausatmen ist! Er, dessen Hochmut völkermitreißend erst nach fünf Aufzügen zu Fall kommt ...

LITTHENNER:

Wie sagt der Chef? Es habe des Coriolan Bescheidenheit, was Hemd und Hose angeht, seinen himmelstürmenden Hochmut zu belegen.

PODULLA *lachend:*

Gewiß! Auch er kleidet sich anspruchslos und wechselt nur notfalls das Hemd.

LITTHENNER *sieht ihn an. Nach einer Pause:*
Du bist doch wohl nicht der Meinung ...
PODULLA:
Selbstverständlich bin ich nicht der Meinung.

2. Szene

Der Chef und der Dramaturg Erwin treten auf.

CHEF:
Warum diese Finsternis auf der Bühne?
PODULLA:
Auch gestern hatten wir Arbeitslicht.
CHEF:
Doch heute herrscht Helle vor! Kowalski, spar nicht am Licht!
Gib die Spielflächen rein! Bei mir und in Rom ist es Tag. *Vor der Coriolan-Puppe:* Zuviel Ornament, immer noch!
Er ändert das Kostüm des Coriolan.
Den Schnörkel abgetrennt, er hält nicht viel von Schmuck.
Mit Leichen, Brand und flachgestampften Städten
schmückt sich der Mann und nicht mit Faltenwurf.
So seh ich ihn, den Handwerker der Schlacht,
ein Volk erpressen, bis es glaubt,
es könne niemand als er selber
ihn, Coriolan, ersetzen, – oh, Personenkult! –
es sei denn, wir ersetzten ihn.
Ergebnisse von gestern sind Papier!
Ganz dumm gestellt. Wie fängt es an?
ERWIN:
Ein Haufen Volk, Plebejer, mies in Waffen.
Sie hungern, weil der Kornpreis klettert.
Und sind entschlossen, totzuschlagen
den Volksfeind – steht hier! – Coriolan.
CHEF:
Der sich verdient gemacht!
Das Volk kann seine Narben
an Fingern sich nicht abklavieren.

ERWIN:
Bei Shakespeare sind es siebenundzwanzig Stück!
CHEF:
So hat er Rom gedeckt. Ein Prügelknabe?
ERWIN:
Ein Held vielmehr!
Es rühmen ihn die Maurer, Bäcker, Seiler ...
CHEF:
Jedoch dieselben Seiler, Maurer, Bäcker
wolln ihn mit schweren Knüppeln rühmen,
weil er den Kornpreis hochgetrieben
und die Oliven teuer hat gemacht.
PODULLA:
Also von Oliven steht hier nichts.
LITTHENNER:
Auch bei Livius und Plutarch kann ich keine Oliven finden.
ERWIN:
Geschenkt: Oliven!
CHEF:
Nein, es bleibt
die Ölfrucht stehn als Argument
im Streit der Bäcker, Seiler, Maurer.
ERWIN:
Die Summe ist: sie sind nicht einig.
Und folgerichtig tritt Menenius auf.
CHEF:
Nichts ist an dieser Folge richtig,
wenn dieser Schwätzer mit der Bauch- und Gliederstory
den Aufstand, eh er noch recht läuft,
wie eine Amme in den Halbschlaf singt.
ERWIN:
Dies Ammenmärchen rettete den Staat.
CHEF:
Du meinst den Bauch, das heißt den Adel.
ERWIN:
Indem er Bauch sagt, wenn er Staat und Adel meint.
PODULLA *spricht Text:*
»Da war's einmal, daß alle Leibesglieder,
Dem Bauch rebellisch, also ihn verklagten ...«

ERWIN:

»Daß er allein nur wie ein Schlund verharre
In Leibes Mitte, arbeitslos und müßig,
Die Speisen stets verschlingend, niemals tätig,
So wie die andern; während jene Glieder
Sähn, hörten, sprächen, dächten, gingen, fühlten,
Und, wechselseitig unterstützt, dem Willen
Und allgemeinen Wohl und Nutzen dienten
Des ganzen Leibs. Der Bauch erwiderte ...«

CHEF:

So plappert er hübsch gleichnishaft drauflos ...

ERWIN:

Beweist dem Volk, den regen Knochen,
wie sinnlos sie die Luft bewegten,
gäb's nicht den Staat, das heißt die Wamme,
in der sich Speck und Bohnen mengen,
wie jeglich Futter überhaupt.

CHEF:

Und dieses Gleichnis auf zwei Krücken
nennt klassisch sich und weltberühmt.
Erzähl das Schweißern und Monteuren,
erzähl das einem Kabelwickler heut!

ERWIN:

Weil Gleichnis sich auf Einfalt reimt,
wird gleichnishaft das Volk geleimt.
Denn schaute wie ein Leuchtturm ich mich um:
zu den Assistenten:
Euch beide könnt' ich für und gegen kitzeln,
mit gleichem Strohhalm-Argument ...
Bis irgendein Herr Marcius kommt
– schon morgen Coriolan gerufen –
der macht kein' Umweg, spuckt direkt,
nennt Ratten euch und lockt mit Korn,
das es im Krieg, und zwar ganz vorn,
doch kostenlos zu scheffeln gäbe.
Sogar die Volkstribunen schauen dumm
aus ihrer Wäsche in der Gegend rum!

CHEF:

Ich bitt' euch, kommt von dort, markiert

den Auftritt jener frischgewählten Esel:
Sicinius, Brutus, oder umgekehrt.

LITTHENNER:
»War je ein Mensch so stolz wie dieser Marcius?«

PODULLA:
»Er hat nicht seinesgleichen.«

LITTHENNER:
»Als wir ernannt zu Volkstribunen wurden ...«

PODULLA:
»Saht Ihr sein Aug, den Mund?«

LITTHENNER:
»Ja, und sein Höhnen!«

PODULLA:
»Gereizt schont nicht sein Spott die Götter selbst.«

LITTHENNER:
»Den keuschen Mond auch würd er lästern.«

PODULLA:
»Verschling ihn dieser Krieg; er ward zu stolz,
so tapfer wie er ist.«

CHEF:
Diese beleidigten Privatiers werden ihn, Coriolan, nicht ersetzen können. Wir werden beide schulen, und das heißt verändern müssen.

LITTHENNER *sachlich:*
Ich hoffe, Sie spielten nicht darauf an, Podulla und ich könnten sich, in ähnlicher Lage, wie Sicinius und Brutus verhalten.

PODULLA:
Litthenner und ich stehen eindeutig auf der Seite des Volkes. Mehr noch: Dank Ihrer Anleitung unterhalten wir ein Theater für die Arbeiterklasse.

CHEF:
Seid korrekt! Unterhalten tut es wohl unsere Regierung.

PODULLA:
Die eine Regierung der Arbeiterklasse ist.

CHEF:
Ihr habt die Bauern vergessen und solltet Selbstkritik üben; bedenkt, man versprach uns ein neues Haus.

Podulla:
Auf Wunsch also: Die demnach die Regierung des ersten deutschen Arbeiter- und Bauernstaates ist.
Chef:
Dennoch, auch auf versprochener Drehbühne wird mein Theater kein Bauerntheater werden.
Erwin:
Weisheiten, die du auf Band sprechen solltest.
Chef:
Wo bleiben sie? Rufus, Flavus, Coctor und so weiter. Verspätet? Wir wollen die Revolution proben und die Plebejer verspäten sich. Symbolik? Nein. Schlamperei! Schaut nach! Nein, bleibt. Kann ich das neue Band hören? Damit sie nicht Wartende aus uns machen – Spielflächen raus!
Litthenner *sucht im Archivkasten, reicht eine Karteikarte:*
Die Montage?
Chef *liest:*
Murrende Hausfrauen vor einem HO-Geschäft und Flüsterparolen der Delegation »Volkseigene Glühlampenwerke« beim 1.-Mai-Umzug. – Flüstern und Murren.
Erwin:
Was soll der fromme Schwindel nützen?
Chef:
Hast du Originalgeräusche deutscher Arbeiteraufstände? – Und nun lauft und schafft sie mir her, die Plebejer!
Litthenner und Podulla gehen nach links ab.

3. Szene

Das Band läuft. Aus dem Geräusch lösen sich Worte und halbe Sätze wie: »Drei Stunden anstehn für zwei Pfund Kartoffeln. Fehlplanung. Fressen die Saatkartoffeln selber. Rückstände bei der Ablieferung. Und wo bleiben die Frühjahrskartoffeln? Aber die Bonzen oben. Kartoffeln. Seitdem der Stalin nicht mehr. Nich mal Glühbirnen und keine Kartoffeln. Solange der Spitzbart. Aber nich ohne Kartoffeln im Topf. Der Russe. Normenbrecher. Unsre Kartoffeln an die Schweine verfüttern. Wegen Fünfjahresplan. Aber keine Konsumgüter. Exportie-

ren Kartoffeln. Wenn ich den Spitzbart, Kartoffeln, Kartoffeln! . . .« Der Chef stellt das Band leiser und spricht über das Geräusch hinweg.

CHEF:

Da steckt nichts drinnen außer dem revolutionären Verlangen nach Kartoffeln.

ERWIN:

Als der November achtzehn ablief, hätte solch ein Band daneben laufen sollen.

CHEF:

Revoluzzer habe ich genug beschrieben. Maschinengewehre, wenn sie die hören, rennen sie!

ERWIN:

Immerhin war dieses Spartakus-Stück dein erster finanzieller Erfolg. *Grinst.* Revoluzzer mit Mond.

CHEF:

Weil selbst der Liebknecht und die Luxemburg beide Romantiker.

ERWIN:

Und du damals: ein Anarchist, unterernährt mit Guitarre und Talent.

CHEF *lacht leise:*

Dennoch fruchtbare Zeit gewesen – sprudelte nur so. Nachtlange Diskussionen: Die Revolution klassisch machen oder romantisch machen.

ERWIN:

Doch auch bei dir siegte der ästhetische Standpunkt.

CHEF:

Schon Marx weist darauf hin.

ERWIN:

Und Lenin schlägt vor, die Revolution wie Kunst zu betreiben.

CHEF:

Also: Lehrstück machen. Publikum klüger machen! Hier! Mit geschulten Volkstribunen den Plebejern zeigen: Wie macht man Revolution, wie macht man keine. – Oder Neues von heute? Den Coriolan liegen lassen? – Oder mal wieder Gedichte? Kurze. Private. Kommen Bäume drin vor. Silberpappeln womöglich. –

Er stellt das Band laut. Das Kartoffelmotiv wiederholt sich bis zur sachlichen Mitteilung beim Ablauf des Bandes: »Ende der Montage, beginnender Arbeiteraufstand für Coriolan – Proben erste Szene.« Im Hintergrund treten Litthenner, Podulla und die fünf Plebejer aus den Kulissen.

ERWIN:
Silberpappeln? Hörte ich recht? Sprachst du von Bäumen?

CHEF:
Es soll nicht wieder vorkommen.

ERWIN:
Wenn schon Gedichte gefragt sind, dann solche über Kartoffeln.

CHEF *spöttisch:*
Winterkartoffeln?

ERWIN *gespielt ernst:*
Frühjahrskartoffeln!

CHEF:
Wenn schon, dann Saatkartoffeln. –
Mehr Licht, Kowalski! Rom bei Tag.

4. Szene

Noch stehen die Assistenten und Plebejer in einer Gruppe. Sie flüstern mit teils aufgeregten, teils verlegen unterdrückten Gesten. Die Plebejer halten Knüppel und Vorschlaghämmer.

LITTHENNER:
Das hat Zeit bis nachher. Wir werden einen Beschluß fassen.
Nein! Die Probe hat Vorrang.

PODULLA:
Erster Aufzug, erste Szene. Rom. Eine Straße. Band läuft!

CHEF:
Bitte keine Privatgespräche!
Die Plebejer verteilen sich und treten in Gruppen auf.

RUFUS:
»Ehe wir irgend weitergehen, hört mich sprechen.«

FLAVUS:
»Sprich, sprich!«

RUFUS:
»Ihr alle seid entschlossen, lieber zu sterben als zu verhungern?«

FLAVUS, COCTOR, VARRO, BRENNUS:
»Entschlossen! Entschlossen!«
RUFUS:
»Erstlich wißt ihr: Cajus Marcius ist der Hauptfeind des Volkes!«
FLAVUS, COCTOR, VARRO, BRENNUS:
»Wir wissens! Wir wissens!«
BRENNUS *springt vor:*
Chef, in der Stadt ist was los!
RUFUS:
»Laßt uns ihn umbringen, so können wir die Kornpreise selber machen.«
VARRO:
Hör schon auf! – Es war kaum durchzukommen. Sie marschieren in Zehnerreihen.
CHEF:
Wie immer bei Anlässen. Und nun den Text bitte!
BRENNUS:
Gleich, Chef. Schaut! Mit eingehenkelten Armen haben sie von der Kette gelernt.
COCTOR:
Da sie nicht singen, hört man ihre Holzpantinen.
BRENNUS:
Fast wollte ich mit und dabei sein.
FLAVUS:
Ich mußte ihn mir am Riemen schnappen.
VARRO:
Wir sollten zumachen und auf morgen verlegen.
CHEF:
Weil einer der üblichen Aufmärsche stattfindet, soll die Probe?
BRENNUS:
Es ist nicht wie üblich, Chef. Sie machen andre Gesichter heute. Frauen am Straßenrand zerknüllen Taschentücher.
LITTHENNER
Vielleicht sollten wir, Chef, den Beschluß fassen, vorläufig das Tonband zu stoppen.
CHEF:
Wir und das Band wollen zuhören, wie unüblich sie heute auf-

marschieren und wie anders die Gesichter der Aufmarschierenden sind, damit wir aus ihren Gesichtern lernen.

VARRO:

Viele lachen, was auffällt.

COCTOR:

Der Ernst einiger Gesichter ist nicht mürrisch, wie sonst bei Anlässen, sondern beinahe schön.

ERWIN:

Also notieren wir: Schöner Ernst der Plebejer.

BRENNUS:

Ich sagte schon: man wünscht, dabei zu sein, ohne zu fragen, wohin, mit wem, gegen wen und warum.

CHEF:

Dann argumentieren sie nicht, suggerieren bloß.

RUFUS:

Waffen tragen sie keine. Ihre Aktentaschen mit dem Vesperbrot und ihre Fahrräder führen sie seitlich.

CHEF:

Wen regt das auf! Sollen sie sonstwohin radeln und mit ihren schönen ernsten Gesichtern unsere heitere Probe nicht länger stören! – Die Szene von vorn. *Die Plebejer zögern.* Bitte.
Der Chef geht zum Pult zurück. Die Plebejer suchen ihre Positionen auf. Die Probe beginnt. Durch die Plebejergruppe tritt, in leichtem Sommermantel, eine Schauspielerin auf, die in der Coriolan-Inszenierung die Volumnia spielen soll.

RUFUS:

»Ehe wir irgend weitergehn, hört mich sprechen.«

FLAVUS:

»Sprich! Sprich!«

5. Szene

CHEF:

Ist hier ein Bahnhof!

VOLUMNIA:

Was – ihr probt?

PODULLA:

Soll ich das Band?

Erwin:

Ja, stopp es!

Chef:

Nein, es läuft.

Volumnia *stellt das Bandgerät ab:*

Ich wünsche nicht aufs Band zu sprechen.
Zum Chef:
Nun, klappt nicht alles wie geplant?
Und hat spontan begonnen, ohne Plan.

Chef:

Du meinst die Probe, erste Szene?

Volumnia:

Vom Aufstand sprech ich, hörst du, Volksaufstand!

Chef:

Dies meine Rede, schau, wir sind in Rom.
Das Volk erhebt sich laienhaft . . .
Doch deine Szene, langgeschätzte Freundin
und Mutter eines Coriolan,
steht nicht auf unserem Probenplan.

Volumnia:

Dann stör ich also?

Chef:

Ja, du störst!

Volumnia:

Und wenn die Störungen sich mehren?
Wenn jede Störung Welpen wirft?
Und zeugt, stößt, rammelt, mäuseschnell?
Nehmt an, wir sind heut nicht in Rom,
in London nicht, zu König Jakobs Zeiten,
vielmehr die Hälfte dieser Stadt,
– den Osten mein ich, unsre Leute –
ganz Ostberlin stört, fordert, zischt
und nagelt dein Theater zu.

Chef:

Das müßten Puritaner sein;
doch da wir, wie du selber sagst,
nicht Shakespeares London fürchten müssen,
– dem hat man oft,
die Pest als Vorwand im Geschirr,

die Bude einfach zugemacht, –
wird mein Theater offen bleiben. –
Vielleicht gibt's paar zerworfne Scheiben.

VOLUMNIA:
Nie war ich ängstlich, diesmal ja.
Da draußen kocht die Wut sich Suppen,
Und hier bewegt man Bühnenstaub . . .

CHEF:
Oh ungeprobte Zappelei!

VOLUMNIA:
Das Volk erhebt sich!

CHEF:
Ja. Ich weiß. Spontan!

VOLUMNIA:
Sie machen Ernst!

CHEF:
Wenn sie's nur machten.

VOLUMNIA:
Und rechnen ab.

CHEF:
Ich helfe zählen.

VOLUMNIA:
Und hängen dich und mich und ihn
vom Rang herab als Bonzen auf.

CHEF:
Ich werd sie lehren, klassisch Schlingen knüpfen.

VOLUMNIA:
Ist deine Haut dir büffeldick geraten?

CHEF:
Wärst du zufrieden, zeigt ich Gänsehaut?

VOLUMNIA:
Breitschultrig tritt die Masse auf,
pflügt Straßen, macht die Plätze eng.
Ich hab sie kommen sehen.

CHEF:
Hübsch. Erzähl!

VOLUMNIA:
Sah offne Münder, Augenweiß.
Asphalt erweichte und Basalt zerbarst.

Sah Haut auf Knöcheln platzen, Blut.
Geruch, die Milch der Welt zu säuern.
Sah Staub in Säulen und Geschrei im Stück.
Im Fleisch erwachten totgesagte Maden.
Paläste fielen hart aufs Knie
und Wut schlug zu mit flacher Hand.
Die Treppen stürmten sie, ein Kinderwagen ...

CHEF *zu Erwin:*
Sie war im Kino und sah Eisenstein.

VOLUMNIA:
... und Tafeln schwankten über Köpfen,
drauf schrie sich heiser fette Schrift:
FÜR DAS EIGENTUM.
FÜR DIE ENTEIGNUNG DER ANDEREN.
FÜR DIE NATÜRLICHE UNORDNUNG DER DINGE.
FÜR ...

CHEF:
Das ist, beste Freundin, alles von mir
Du bückst dich und findest dir passend Zitate.
Einst hörte ich dich träumen, – im Schlaf noch Zitate.
Genossin, ich bitt dich, sprich eigenen Text.

VOLUMNIA:
Du willst mir nicht glauben.

CHEF:
Geprobt, jedes Wort.

VOLUMNIA:
Nun gut, bleibe listig. Laß laufen die Probe.
Ich sag dir, es kommen noch heute die Maurer
und packen und mörteln und mauern dich ein!
Im Hintergrund, mit Aktentaschen, in weißer Berufskleidung, stehen drei Maurer.

CHEF:
Da stehn sie schon und riechen frisch nach Kalk.
Zögernd kommen sie näher. Der Polier vergleicht mit einem postkartengroßen Foto die Gesichter. Das Licht blendet ihn.

6. Szene

POLIER:
Sie sind der Chef hier, wie ich sehe.

CHEF:
Und ihr kommt gewiß nicht her, damit ich euch das Foto signiere.

MAURER:
Wir wollten nur sicher gehn.

PUTZER:
Wir halten Sie nämlich für einen großen Mann, der einen Namen hat.

CHEF:
Meine Größe und mein Name besitzen zu Hause einen Arbeitstisch, von dem aus, durchs Fenster blickend, ein hübscher Friedhof beobachtet werden kann.

MAURER:
Sie stellen was dar. Da kommt man nicht rum. Hören doch alle auf Sie.

POLIER:
Deshalb sind wir ja hier, als Delegation sozusagen.

PUTZER:
Mich haben sie ausgewählt, weil ich auf Betriebsausflügen öfters aus dem Stegreif.

MAURER:
Wir sagten uns: Das ist unser Mann. Der hat sich prima abgesichert und hat sich selbst immer zu helfen gewußt; nur der kann uns jetzt unter die Arme.

POLIER:
Um es kurz zu machen: Wir kommen nämlich von der Stalinallee.

CHEF *steht auf:*
Und wollt 'nen Aufstand auf die Beine stellen?

POLIER:
Na, Aufstand ist zu hoch gegriffen.

PUTZER:
Es geht uns einzig um die Normen.

MAURER:
Die sind zu hoch. Wir sind dagegen.

CHEF:
Und seid wofür, wenn ihr dagegen seid?
POLIER:
Wir sind dafür, daß unsere Normen ...
CHEF:
Ja, wessen Normen?
MAURER:
Klar, der Maurer Normen.
CHEF:
Der Schweißer Normen nicht, auch nicht der Glaser Normen?
PUTZER:
Wir sprechen jetzt zuerst für uns,
doch wenn die Schweißer und die Glaser ...
MAURER:
Die auch nach hochgesetzten Normen
verglasen oder schweißen müssen ...
PUTZER:
Wenn die und auch die Kabelwickler,
wenn Buna, Leuna und Uranbergbau,
wenn die aus Bitterfeld und Halle,
aus Magdeburg und Halberstadt
mit uns vereint dagegen sind ...
CHEF:
Was nicht gewiß ist.
MAURER:
Bei uns Maurern schon.
PUTZER:
Wenn also alle und zur gleichen Zeit,
am selben Tag das gleiche wollen ...
CHEF:
Und Unzufriedene gibt's ja immer.
PUTZER:
Genau, Chef, – dann, ja dann ...
CHEF:
Dann gibt's 'nen Aufstand, ist doch klar.
POLIER:
Na, Aufstand ist zu hoch gegriffen,
doch könnt man etwas formulieren,
ein Schreiben ...

MAURER:

... oder Manifest sogar ...

POLIER:

... das nicht zu lang und radikal ...

PUTZER:

... doch höflich und bestimmt: Wir sind dagegen ...

POLIER:

Nur fehlt der Text, Chef, unsereins
kann das, was er gelernt hat, Sie jedoch ...

MAURER:

... und alle sagen: Geht zu ihm,
der kennt die Brüder oben, jene kennen ihn ...

PUTZER:

... auch international besehn
sind Sie, wie sagt man, ein Begriff!

POLIER:

Na, kurz und gut: Hier ist Papier.

Der Chef hält das Papier prüfend gegen das Licht, Erwin neben ihm.

CHEF:

Acht bitte drauf, wie sich das Wörtchen Normen
nach längerem Gebrauch des Sinns entleert.

ERWIN:

Das Volk in Rom hielt's mit dem Kornpreis ähnlich,
am Ende war das Brot abstrakt. –

CHEF:

Mein Vater war ein Fachmann in Papier.
Doch eh ich schreibe, will ich wissen.

ERWIN:

Was heißen soll, er will euch ganz und gar
vertrauen können, wie man Freunden traut.

CHEF:

Den Kornpreis ausgeklammert, Normen gelten.
Rom trete ab. Gleich hat das Wort Berlin.

ERWIN:

Er ist an eurer Sache interessiert.

PUTZER:

Was hab ich euch gesagt, er schreibt.

MAURER:

Der diskutiert uns auseinander.
Das ist doch seine Masche: diskutieren.

POLIER:

Der Auftrag lautet hierzubleiben,
bis er was schreibt.

MAURER:

Niemals schreibt der.

POLIER:

Er wird schon schreiben.

PUTZER *zum Maurer:*

Wetten, daß ...?

Mit den letzten Sätzen sind die Maurer einige Schritte nach hinten gegangen, die Plebejer nach links ab, Volumnia zum Chef.

7. Szene

VOLUMNIA *versucht, beherrscht zu bleiben:*

Du spielst wieder einmal den weisen Chinesen, weltfremd und heiter, aber draußen hat man begriffen: Stalin ist tot. Es gibt ihn nicht mehr.

CHEF:

Doch seine Bilder stehn noch überlebensgroß. – Schaut nach im Fundus. Vielleicht finden sich noch verwendbare Fragmente. Ein Versuch wird erweisen, was sie begriffen haben. Montiert die Stücke, spart nicht am Trauerflor.

Litthenner und Podulla gehen ab.

Es wäre gelacht, wenn sich dieser Vormittag nicht retten ließe.

VOLUMNIA:

Mann, sie suchen Hilfe und glauben fest, mit passenden Worten könntest du ihnen Türen aufschließen.

CHEF:

Glaubst du an Amulette gegen den Schnupfen?

VOLUMNIA:

Wenige Worte von dir, und ihr Stammeln bekommt Bedeutung.

CHEF:

Das dauernde Hinweisen verkürzt die Finger.

Podulla und Litthenner mit Stücken eines Stalinbildes zurück.

VOLUMNIA:

Was soll der Versuch? Wen willst du prüfen? Jene da? Uns? Oder gilt diese Prüfung dir?

CHEF *listig:*

Das alte Übel, meine Neugierde. Wissen möchte ich, wer am Ende die besseren Noten nach Hause trägt: die Natur oder mein Theater! – Nein, Coriolan auf den Bürgersteig. Sowas verträgt sich. *Geht auf die Maurer zu.* Ihr gingt also wie immer auf den Bau, so um sieben? *Nach oben:* Zweite Brücke dazu! Kowalski! Es ist heller Morgen!

POLIER:

Im Sommer legen wir schon um halb sieben los.

ERWIN:

Macht ein Gerüst.

CHEF:

Vielmehr deutet es an.

ERWIN:

Aber ein Schild sollte sagen, hier wird gebaut des großen Stalin kleinfenstrige Prachtallee.

CHEF:

Das Bild sagt genug und mehr.

PUTZER:

Wenn ich einen Tip geben darf: Von früh bis spät plärrt neben unserer Baustelle der Lautsprecher: Bau auf! Bau auf!

MAURER:

Und ich möchte mal kurz in Erinnerung bringen: Was Schriftliches wollen wir haben und zwar dringend.

CHEF:

Ihr seht mich im Begriff. – Wie fing es an?
Speis wurde angemacht, Beton gemischt;
doch schon beim Frühstück – oder eher schon?

POLIER:

Nein, erst beim Frühstück ging's von Mund zu Mund.
Es kamen die vom Block C-Süd,
wir vom Block vierzig wußten schon,
weil wir vor Tagen auf dem Müggelsee,

auf einem Dampfer, auf Betriebsausflug
uns abgesprochen hatten, daß wir alle,
und zwar, wenn dies und das passiert . . .

PUTZER:
Auf einmal stand da eine Tonne,
wo Kalk drin war gewesen früher . . .

CHEF:
Ne Tonne her, den Kalk mag man sich denken. –
Nichts da? Leiht euch aus Rom ein Stück.
Ein Säulenstumpf wird herangerollt:

PUTZER:
Und auf der Tonne steht der alte Hanne,
– sonst trägt er Steine und spricht nie –
Auf der Säule:
steht, weil die Sonne, ohne Hemd . . .

POLIER:
Der hat bei Adolf schon vier Jahr gesessen.

PUTZER:
Und spricht von oben runter: Hört mal her!

MAURER *drängt den Putzer von der Säule und springt hinauf:*
Genug Theater! Hergehört!
Wir machen ihm den Kaspar hier,
und draußen ziehen sie in Zehnerreihen,
gekoppelt Arm in Arm, ein Mund:
Ihr Kollegen reiht euch ein . . .

PUTZER UND POLIER:
Wir wollen freie Menschen sein!

MAURER:
Nun, Chef, wie steht's mit dem Papier? *Springt von der Säule.*
Er schreibt da was. Ist das für uns?

POLIER:
Laß, stör ihn nicht.

PUTZER:
Er ringt mit sich.

MAURER:
Das soll er morgen. Draußen brennt's.

CHEF *schreibend:*
Gewiß schreibe ich für euch. Was immer ich geschrieben habe,

stand auf dem Papier für euch; nur verlernt ihr das Lesen schon in der Schule.

MAURER:

Auch wenn es Pappe ist, ich muß es tun! *Schlägt auf das Stalinbild ein.*

CHEF *steht auf:*

Doch zur Sache: Wieviele sind denn unterwegs, grobgeschätzt?

POLIER:

So zwanzigtausend, übern Daumen.

CHEF:

Die werden hübsch wieder nach Hause gehn.

MAURER:

Das werden sie nicht! *Schlägt weiter.*

PUTZER:

Euer Mißtrauen mag Gründe haben; aber wir machen Ernst dieses Mal.

MAURER:

Gibt es denn hier nichts zum Dreinschlagen? *Reißt Stücke aus dem Bild.*

PUTZER:

Ist nun genug, Karl.

POLIER *zum Maurer, scharf:*

Wir haben beschlossen: keine Ausschreitungen. *Zum Chef:* Geordnet, wie wir von den Baustellen kommen, dabei vollkommen unpolitisch, als Menschen nur und ohne Fahnen, ziehen wir zum Regierungsviertel.

CHEF:

Was ich sage: denn fahnenlos, unpolitisch und selbstverständlich als Menschen werdet ihr wieder nach Hause ziehn.

MAURER:

Weg ist der Schnurrbart. Kein Spitzbart da? Wo ist die sibirische Ziege?

ERWIN *zu Podulla:*

Stopp das Gerät. Es wird ratsam, am Material zu sparen.
Volumnia nimmt den Chef beiseite.

VOLUMNIA:

Du kennst das Volk nicht mehr,
und siehst es durcheinander laufen
wie anno achtzehn, als du zwanzig warst.

CHEF *winkt ab:*
Es werden die Revolutionäre gebeten,
den städtischen Rasen nicht zu betreten.
VOLUMNIA:
Der Arbeiter denkt anders heut.
CHEF:
Ich hab's gesehn: er schlägt auf Pappe ein.
VOLUMNIA:
Sie sind geschult und kennen ihren Wert.
CHEF:
Wenn sie schon Bilder schonen müssen,
dann frag sie nach dem Rasen, frag,
ob sie 'nen Plan gemacht und wer sie führt! –
Springt auf. Habt ihr den Rundfunk schon besetzt?
Den Generalstreik ausgerufen?
Ist man vor Westagenten sicher?
Was treibt die Vopo? Schaut sie weg?
Gabt ihr der Sowjetmacht Gewähr,
daß es beim Sozialismus bleibt?
Und wenn nun Panzerwagen kommen?
Fast glaube ich, ihr kennt den Typ.
POLIER:
Wieso denn Panzer? Wir sind waffenlos.
MAURER:
Er meint mit Panzern, wenn der Iwan kommt.
CHEF:
Was nicht gewiß ist, nehmt mal an.
POLIER:
Wenn nun der Russe kommt . . .
CHEF:
Was dann?
Bevor's zur Flucht kommt, zum Gedränge:
Genossen, dort sind Notausgänge!
Von links treten der Zimmermann, der Straßenarbeiter, der Steinträger, der Straßenbahner und der Mechaniker mit dem Fahrrad auf. Maurer und Arbeiter bilden eine Gruppe.
Es kommt Verstärkung! Neue Bittgesuche.
Zieht doch nach Haus, geht euren Frauen zur Hand,
spült das Geschirr, schlagt Nägel ein.

– Denn irgend etwas wackelt immer. –
Los! Ab! und zieht Pantoffeln an. *Er wendet sich brüsk ab.*
Kowalski, wieder Arbeitslicht. *Halbdunkel.*

8. Szene

MAURER:
Verräter sind sie!
VOLUMNIA *auf die Coriolan-Puppe:*
Dieser Kerl färbt ab!
ZIMMERMANN:
Erklärt mir Leute, jener da
soll Freund der Proletarier sein?
VOLUMNIA:
Muß ich, Volumnia, hier Coriolan vermuten?
CHEF:
Ich kann nicht. Will nicht. Hörst du? Nein!
VOLUMNIA:
Bist du sein Sprachrohr? Notausgänge?
CHEF:
Gebt ihnen Bockwurst, Flaschenbier!
MAURER:
Dies Pack bleibt stur.
ERWIN:
Ich bitt euch, habt Geduld!
VOLUMNIA:
Sag, bist du eins mit Coriolan?
PODULLA:
Wo ist mein Textbuch? Hochmut bleibt sich treu.
ERWIN:
Nehmt's nicht so ernst.
STEINTRÄGER:
Das heißt, man treibt hier Spaß?
CHEF:
Soll ich jetzt taktisch handeln, das heißt lügen?
LITTHENNER:
Er kann nicht über seinen Schatten.

CHEF:
Soll ich jetzt stottern, ganz vom Text verlassen?
PODULLA:
Doch Rom verlangt es: Coriolanus, spring!
CHEF:
»Wie ein schlechter Schüler jetzt
vergaß ich meine Roll und bin verwirrt . . .«
Das Buch! Wie liest sich Coriolan? *Nimmt Podullas Buch.*
STRASSENARBEITER:
Verlangt er Beifall, Wurst auf's Brot?
CHEF *kniet nieder:*
Muß Coriolan jetzt auf die Knie:
»Oh! Meine Mutter! Mutter! Oh!« *Die Arbeiter lachen.*
ERWIN:
Was er grad sprach, ist aus dem Römerstück;
und sie, schaut hin, Volumnia
faßt Atem wie zum Monolog.
Volumnia richtet den Chef auf. Die Arbeiter nähern sich.
VOLUMNIA *leise:*
»Kein Mann auf Erden
verdankt der Mutter mehr; doch hier läßt er
mich schwatzen wie ein Weib am Pranger.«
Laut:
Ich rat dir Chef, laß fünfe grade sein.
Wenn's hierzulande Tugend ist,
beim Volksaufstand den städtischen Rasen,
volkseigne Blumenpracht zu schonen,
laß brav sie auf den Wegen traben,
wenn sie was vorzutragen haben. –
Zwischen den Maurern:
Denn schlimmrer Druck als Norm und Preis
und größrer Mangel, ärgerer Verdruß
als fehlende Kartoffeln, dünnes Bier,
ist ihrer Zunge Unvermögen.
Ihr Mundwerk schafft es nicht.
Nur dies kommt raus: Die Norm. Das Soll.
Und das genormt Übersoll! –
Doch du, zwar nie Prolet, trotz deiner Mütze,
du könntest ihnen Buchstab setzen

und dichte Wälder Ausrufzeichen,
daß man sie hört, wenn sie den Rasen schonen,
daß man begreift, noch schonen sie den Rasen,
doch wenn der Rasen nicht mehr gilt,
nicht städt'sche Nelken und Stiefmütterchen,
wenn selbst dem Spitzbart eine Schere blüht ...

STEINTRÄGER:
Was wir verlangen, sollte selbstverständlich sein.

POLIER *verliert zum ersten Mal die Geduld:*
Genau. Sein Name fehlt uns. Hier! *Weist aufs Papier.*

CHEF:
Ihr mauert. Ich schreibe. Lotrechte Mauern – lotrechte Sätze – wer errichtet sie ohne Schwierigkeiten? Soeben hoffte ich noch, es wolle ein Manifest Anlauf nehmen; doch da ich's mir wiederhole, schmeckt es nach Elegie. – *Schiebt das Papier fort.* Wem, außer der Poesie, wäre damit geholfen? – *Er will abgehen, der Maurer hält ihn auf.*

MAURER:
Und unser Papier? Soll es Flecken bekommen?

ZIMMERMANN:
Wenn ihm nix einfällt, soll er es sagen.

PUTZER:
Ach was! Die Regierung läßt ihm ein neues Theater bauen.

STRASSENARBEITER:
Deshalb will er nichts für uns tun.

MAURER:
Wie gehabt, Bonzen. Worauf warten wir noch? *Er will gehen.*

VOLUMNIA:
Laß das verlegene Grinsen, Mann. Handle!

CHEF:
Wo ich hinblicke: Teigkneter, die aus mir einen rasselnden Helden backen wollen. *Er geht ab.*

ERWIN:
Ihr habt ihn nicht überzeugt.

VOLUMNIA:
Und er will überzeugt werden. Mit unserer Hilfe, wir müssen es schaffen.

MAURER:

Soll das heißen, wir müssen ihm wieder vortanzen?

ERWIN:

Hohe Berge werden selten im ersten Anlauf bezwungen.

Volumnia und Erwin gehen dem Chef nach.

Vorhang

Zweiter Akt

1. Szene

Die Arbeiter und Plebejer stehen in zwei Gruppen. Podulla am Bandgerät.

COCTOR:
Ihr werdet euch in den nassen Kleidern erkälten.
BRENNUS:
Wollt ihr nicht ablegen?
ZIMMERMANN:
Keine Sorge, wir werden hier nicht alt.
STRASSENBAHNER:
Die stecken euch noch in Kostüme.
PUTZER:
Paßt auf, Leute, man will uns historisch machen.
STRASSENARBEITER *weist auf die Plebejer und Podulla:*
Sind die zum Aufpassen da?
MAURER:
Theaterfritzen! – *Zu den Arbeitern:* Ihr wart im Westen?
STRASSENARBEITER:
Schiß haben die drüben.
ZIMMERMANN:
Und der Minister, wie heißt er schon, hat gesagt ...
STRASSENARBEITER:
Die, die haben uns abgeschrieben.
ZIMMERMANN:
Keiner soll sich zu unbedachten Handlungen hinreißen lassen.
STRASSENARBEITER:
Ich sage: abgeschrieben.
ZIMMERMANN:
Hat er gesagt, der Jakob von drüben.

2. Szene

Litthenner kommt von rechts.

PODULLA:
Neues vom Chef?

LITTHENNER:

Zuerst wollte er nach Hause, im Schaukelstuhl sitzen.

PODULLA:

Bequem.

LITTHENNER:

Er ist überstimmt worden. Sie hat sich an die Orgel gesetzt und alle Register gezogen: Wo ist deine berühmte Geduld? Nichts weißt du, nichts ist bewiesen! Vorurteile! Starrsinn!

PODULLA:

Und? Hat er sich an die Brust geschlagen?

LITTHENNER:

Als auch die Dramaturgie mit Belegen kam, da hat er ...

PODULLA:

Was denn?

LITTHENNER:

... sich erst einmal hinter einer Zigarre versteckt, dann »gut« gesagt und ganz leise: »Ich beweis euch das Gegenteil. Aber bitte ... bitte ... mögen sie sich ausplaudern, doch nicht ohne Gewinn für uns.«

PODULLA:

Wir werden zu tun bekommen.

LITTHENNER:

Und zum Schluß wickelte er alles in eine Parabel ein. Höre: Der Tiger wollte den sitzenden Theoretiker fressen.

PODULLA:

Sagte der Theoretiker: Warte, Tiger, bis ich mich erhoben habe?

LITTHENNER:

Sitzend sprach er zum Tiger: Bevor du in Praxis umsetzt, sag mir die Zahl deiner Zähne, verrate, nach welchem System sie gestellt sind; auch wüßte ich gern, welcher Ästhetik deine Sprunggelenke gehorchen.

PODULLA:

Solch eine Spanne Zeit ließ der Tiger dem Theoretiker?

LITTHENNER:

Lange grübelte das Raubtier und war um Antwort verlegen.

PODULLA:

Am Ende schlich es belämmert davon.

LITTHENNER:
Falsch! Es fraß ihn ohne Theorie.

PODULLA:
Du lügst.

LITTHENNER:
Um die Wahrheit zu sagen: Fortan folgte der Tiger dem Theoretiker und schämte sich mehr und mehr seiner Unwissenheit.

PODULLA:
Und solche Moral hat der Chef als Rezept verschrieben?

LITTHENNER *wendet sich zu den Arbeitern:*
Der Chef hat sich umstimmen lassen. Und wenn er jetzt kommt, dann packt aus. Sagt, was ihr wißt, was ihr denkt, was ihr gedacht habt. Laßt nichts weg. Dem Chef ist auch das Wetter wichtig. Selbst Privates hat Platz. Er weiß, ihr habt Familie.

POLIER *verschlossen:*
Was seine Richtigkeit hat, wird gesagt werden.

ZIMMERMANN:
Und was geht das die an? *Zeigt auf die Plebejer.*

STRASSENARBEITER:
Römische Klamotten. Alles Tarnung.

ZIMMERMANN:
Wer beweist uns, daß zwischen denen da keine Spitzel?

RUFUS:
Und wer uns, daß in der Maurerkluft wirkliche Maurer stekken und keine Westagenten?

MAURER:
Den da hab ich schon lang auf der Latte. Sag, Genosse, wo kann man dich singen hören?

PODULLA:
Vernunft, Leute!

MAURER:
In Karlshorst oder beim Spitzbart privat?

FLAVUS:
Provokateur, bezahlter!

MAURER:
Bonzengesindel! Schmarotzer!

PODULLA:
Aufhören!

ZIMMERMANN:
Politruks!

PODULLA:
Ich sage aufhören!

ZIMMERMANN:
Apparatschiks!

RUFUS:
Schmeißt den Kerl raus, wenn er zur Diskussion nicht bereit ist.

STRASSENARBEITER:
Wenn hier rausgeschmissen wird, dann wir euch!

LITTHENNER:
Keine Spontaneitäten!

ZIMMERMANN:
Los! Bevor wir verpfiffen werden.
Es kommt zwischen dem Zimmermann, dem Straßenarbeiter, dem Maurer und Rufus und Flavus zum Handgemenge. Die restlichen Arbeiter und Plebejer versuchen zu schlichten.

STEINTRÄGER:
Laßt euch nicht provozieren. Unsere Feinde sitzen woanders.

BRENNUS:
Halt deine Leute zurück!

POLIER:
Einstellen! Hört ihr! Einstellen!

PUTZER:
Wir haben beschlossen: keine Ausschreitungen.

PODULLA:
Wenn dieses Praxis ist, war seine Theorie falsch.
Der Chef, gefolgt von Volumnia und Erwin, tritt von links auf.

3. Szene

CHEF:
Das nenn ich Klassenkampf! Plebejer und Proleten
sind wilde Ehe eingegangen.

ERWIN:
Dabei ergibt sich beispielhaft ein Bild. *Die Schlägerei beginnt sich aufzulösen.*

CHEF *springt zwischen die Arbeiter, packt sie:*
Ich bitt euch, schlagt den gleichen Knoten
ein zweites Mal, hier, der schnappt den.
Er sollte schwitzen, dessen Zung muß raus,
du schaust nicht zu, dich zwängt ein Bein.
Ins Weiß der Maurer, Ärmel, Hosenbein,
Plebejerlumpen, Flick auf Flick gemengt.
Dem will der Hals und jenem da das Kreuz
schier brechen, weil sich dieses Knie
und jener Unterarm, – den Daumen drauf! –
und jetzt wird stillgehalten, vaterunserlang,
ganz statuarisch und ganz Laokoon! –
Ach könnt man euch in Bronze gießen,
auf einen Sockel heben, Inschrift drauf:
Nicht scheuend Schmerz und Muskelkater,
der Sozialismus, nun? was tut er? – seht: Er siegt! –
Schon gut. Spannt aus, Plebejer und Proleten.
Und nun vom Aufstand Wort für Wort Bericht.
Die Gruppe löst sich auf.
MAURER *zum Polier:*
Aber du fängst an.
POLIER *zum Chef:*
Auf Ihre Verantwortung: Die Luft ist schon lange dick da, auf der Stalinallee. – Von meinen drei Kindern will der Junge ins Elektrofach.
CHEF *interessiert:*
Sagt eure Namen dazu.
MAURER *drängt sich vor:*
Die tun nix zur Sache.
CHEF *freundlich:*
Warum setzt ihr euch nicht! Seit halb sieben auf den Beinen und stehen immer noch.
Die Arbeiter setzen sich nebeneinander auf das einzige Podest, das eine Sitzmöglichkeit bietet.
PUTZER:
Damit wir uns nicht falsch verstehen: Wir vom Block vierzig zählten als Aktivisten. Früher Vertreter. Ließ mich umschulen. Jahrgang neunzehn.

Maurer:

Jahrgang zweiundzwanzig. Den hat der Krieg selten gemacht. – Zwar haben sie bißchen rumgefummelt an die Ventile, von wegen Rückgabe von Eigentum an Republikflüchtige, die wieder retour machen wollen, aber so ziemlich alles, von der Kartoffel bis zur Sicherheitsnadel, ist noch bewirtschaftet.

Polier:

Aber der Druck hat nachgelassen, etwas, auch auf die Kirche, sagt meine Frau. – Wir sind evangelisch.

Maurer:

Dafür haben sie den Prozentsatz im Bier runtergesetzt und die Normen überall hochgeschraubt. – Auch evangelisch.

Putzer:

Gleichfalls. – Das mit den Normen stand schwarz auf weiß in der Tribüne. Das ist unsere Gewerkschaftszeitung. Die ist gegen uns. – Im Krieg hab ich Frankreich, den Balkan und die Ukraine mitgemacht.

Maurer:

Denn da stand, daß sie raufgehen sollen, die Normen. Und zwar freiwillig und sofort.

Polier:

Und zwar um zehn Prozent auf der Stalinallee.

Zimmermann:

Nein, überall! – War Panzergrenadier. Fünf Jahre Sibirien. Vor drei Jahren zurück.

Chef:

Doch bei euch ging es los.

Polier:

Und zwar um neun Uhr fünfzehn genau. Ich habe Demjansk überlebt. Später Kurlandarmee.

Maurer:

Wir vom Block vierzig mit 'nem Schild. Achtzig Mann. Normen runter, stand drauf. Oberarmschuß. Gefrierfleischorden.

Putzer:

Es schloß sich uns an der Block C-Süd.

Polier:

Die anderen Blöcke auch. Tausendfünfhundert Mann, ungefähr.

PUTZER:
Die machten ganz fix einen Sprechchor:
Ihr Kollegen, reiht euch ein,
Wir wollen freie Menschen sein.

ZIMMERMANN:
Später, als es keine Maurer mehr gab, die kommen konnten, haben wir den Chor ein bißchen geändert:
Ihr Berliner, reiht euch ein,
Wir wollen freie Menschen sein.

STRASSENARBEITER:
Nun kamen sie alle, sogar Hausfrauen.

ZIMMERMANN:
Die dunkelblaue Vopo jedoch verhielt sich stille.

STRASSENBAHNER:
Und auch wir sagten: Paßt auf, daß kein Blut fließt!

DIE ARBEITER *untereinander:*
Kein Blut fließt. Mich hat es dreimal. Blut fließt. Einmal Lungensteckschuß. Kein Blut fließt. Und als wir in Demjansk. In zwei Tagen die halbe Kompanie. Ich sag euch: Auf der Rollbahn nach Smolensk. Da hättste mal den Schlamassel bei Kursk. Und erst am Kubanbrückenkopf. Jede Menge Bauchschüsse. Eee-rika, zwo, drei, vier.

CHEF:
Rufus, Varro, Coctor, Flavus, Brennus. – Unsere Szene nach dem Volskerkrieg!
Die Plebejer auf dem Podest den Arbeitern gegenüber.

RUFUS:
Jetzt ist er Konsul.

BRENNUS:
Und wir haben ihn gewählt.

FLAVUS:
Dabei hat er uns nicht einmal seine Wunden gezeigt.

COCTOR:
Das Gesetz verlangt es.

VARRO:
Wir sollten die Wahl anfechten.

RUFUS:
Aufstand?

BRENNUS:
Gegen Coriolan. Immer.

RUFUS:
Aber mit Waffen? Ich habe genug. Hier und hier traf es mich, als es galt, Tarquinius zu vertreiben.

VARRO:
Bei Corioli stürzte ich in die Spieße. Dennoch war es ein Sieg.

COCTOR:
Diesen hier fehlenden Finger schenkte ich den Sabinern.

BRENNUS:
Die Äcker der Volsker soffen mein Blut!

FLAVUS:
In den Albanerbergen vergaß ich einen Stiefel samt Inhalt.

RUFUS:
Vor Antium hat unsere Kohorte die Geier gemästet.

VARRO:
Antium? Bei Corioli haben wir Schanzen aus Leichen geschichtet.

RUFUS:
Na, sagt wer noch was? Aus Leichen geschichtet. Und wir sollen wieder mit Waffen?

CHEF:
Das Veteranengeplauder beider Gruppen folgt einem Motto:
  Es wird gebeten, nicht scharf zu schießen.
  Wir wollen Freiheit nur, kein Blutvergießen!

POLIER:
Klar doch! – Aber alles lassen wir uns nicht bieten. Als ein Zivilist uns fotografierte mit seinem Dings, mußte er den Film ausliefern.

CHEF:
  Während die Arbeiter protestieren
  ist es verboten zu fotografieren.
Man sollte Tafeln beschriften, die diese gefährlichen Weisheiten leserlich verkünden.

VOLUMNIA:
Deine Methode ist zu sehr Methode.

MAURER:

Der läßt genauso die Rolläden runter wie die in der Universität. Intelligenzler! – Solidarität! Haben wir gerufen. Mit Sprechchören. War eine Pleite wie hier.

CHEF *leise, akzentuiert:*

Die Studenten folgten vielleicht angespannt einer Vorlesung über Lenins Briefe an die Petrograder Genossen, darin er ihnen nach Marx beweist, daß Aufstand, genau wie Krieg, eine Kunst ist.

ERWIN:

Bei solch studentenhafter Zurückhaltung kann von Volkserhebung nicht mehr die Rede sein.

MAURER:

Der denkt, wir spielen blinde Kuh draußen. Dreitausend Mann ungefähr!

ZIMMERMANN:

Als die vor dem Regierungsgebäude ankamen ...

STEINTRÄGER:

Was früher das Reichsluftfahrtministerium gewesen ist ...

ZIMMERMANN:

... da wurden die Scherengitter sofort geschlossen. Aber wir riefen, sechstausend Mann: Ulbricht oder Grotewohl!

STRASSENARBEITER:

Doch die kamen nicht raus, alle beide nicht.

STRASSENBAHNER:

Und die Sonne stach uns von oben.

ZIMMERMANN:

Da setzte sich ein Teil von ungefähr achttausend Mann auf Görings ehemalige Fliesen, bis Selbmann kam.

MECHANIKER:

Das ist der von der Schwerindustrie.

PUTZER:

Der brachte einen Tisch mit und einen Professor. Den Tisch, weil er drauf wollte. Aber die mußten ihm helfen. *Er klettert aufs Podest, indem er sich auf die Arbeiter stützt.* Kollegen! *Die Arbeiter lachen.*

STRASSENARBEITER:

Wir sind keine Kollegen.

ZIMMERMANN:
Das sagten wir, er darauf:

PUTZER:
Arbeiter bin ich, wie ihr. *Die Arbeiter pfeifen.*

MAURER:
Arbeiterverräter biste!

PUTZER:
Da hat er seine Hände vorgezeigt und gerufen: Schaut meine Hände!

MAURER, STRASSENARBEITER, ZIMMERMANN:
Zu fett! Zu fett!

ZIMMERMANN:
Die sind zu fett!

STRASSENBAHNER:
Und die Sonne schien auf seine fetten Hände, bis er sie einholte. *Der Putzer bleibt auf dem Podest.*

ZIMMERMANN:
Nun wollten wir einen neuen Sprechchor bilden, und zwar diesen: Die Befreiung der Arbeiter kann nur das Werk der Arbeiter sein, ungefähr.

MECHANIKER:
Aber wir konnten uns nicht einigen, ob das von Marx, Lenin oder womöglich von Stalin ist.

PUTZER:
Also von Marx, das wäre noch gegangen.

STRASSENARBEITER:
Außerdem war kein Mikrofon da.

POLIER:
Dabei gab es auf der Stalinallee genug. Und Lautsprecher derart, daß einem nachts noch die Ohren.

STRASSENARBEITER:
Hätten wir die mal mitgenommen.

MECHANIKER:
Das sag ich immer: Hättet ihr bloß!

CHEF:
Hätten wir bloß vorher. Und hätten wir bloß sogleich. Sie lamentieren wie Shakespeares Plebejer.

VOLUMNIA:
Bald werde ich dich lamentieren hören, hätte ich doch damals

und hätte ich bloß sogleich. Mann, auch du bist von dieser Welt!

CHEF:

Gab ich Anzeichen, daß diese Probe im Himmel spielt?

MAURER *stößt den Polier an:*

Mensch mach, sonst sind wir noch Sonntag hier.

POLIER:

Doch da stieg unser Hanne auf den Tisch. *Winkt den Putzer herunter und hilft dem Steinträger hinauf.*

MAURER *zum Zimmermann:*

Wurde auch Zeit.

STEINTRÄGER:

Ich bin Steinträger auf Block C-Süd.

PUTZER:

Und zwar mit nacktem Oberkörper schob er den Selbmann sachte vom Tablett und den Professor auch.

STEINTRÄGER:

Und ich drückte mich etwa so aus: Wir sind nicht aus den Gerüsten geklettert, weil wieder mal Ölsardinen fehlen. Kein Mensch muckt auf, weil es zwar Luftpumpen jede Menge, aber keine Fahrradschläuche gibt. Wenn du uns hier stehen siehst, in der Hitze, dann nicht nur wegen der hochgeschraubten Normen und dem runtergedrückten Alkohol ...

MAURER UND ZIMMERMANN:

Wenig Schnaps und dünnes Bier,
Grotewohl, wir danken dir!

STEINTRÄGER:

Nein, Junge, was du hier siehst, ist ein Volksaufstand, sagte ich.

POLIER:

Und dann forderten wir den Rücktritt der Regierung und freie geheime Wahlen, jawohl.

MAURER:

Es fiel das Wort: Ge – ne – ral – streik!

STEINTRÄGER:

Und deswegen sind wir hier. Denn drüben beim Rundfunk waren wir schon.

FLAVUS:

Im Westen drüben?

RUFUS:
Scharfmacher haben die Leute aufgepuscht!
STRASSENBAHNER:
Quatsch, Mensch! Die Amerikaner wollten uns gar nicht und dachten zuerst, der Russe hat uns geschickt.
BRENNUS:
Stimmt! In der Kantine hörte ich Westsender. Nur jemand von der Gewerkschaft hat mehrmals über den Funk.
MAURER:
Scharnowski?
STEINTRÄGER:
Aber vom Generalstreik durfte auch er nicht im RIAS, weil das Einmischung ist, sagen die.
BRENNUS:
Bittschön. Meine Rede.
POLIER:
Und deswegen sind wir hier.
MAURER:
Immer noch hier.
MECHANIKER:
Außerdem fing es an, wie bestellt zu regnen.
STRASSENBAHNER:
Durchgeweicht sind wir, sogar die Butterbrote.
FLAVUS:
Und wenn es sich einregnen sollte?
RUFUS:
Dann? Was dann? *Die Antwort der Arbeiter bleibt aus.*
CHEF:
Muß ich denn an alles denken? Litthenner, Podulla! Unsere Gäste dürfen erwarten, daß wir das Selbstverständliche tun. Trockene Schuhe, trockenes Zeug. Hier wird sich niemand den Tod holen. Seid vernünftig. Schnupfen und Grippe verändern die Welt nicht. Bei uns wird es trocken bleiben. Hängt das durchnäßte Zeug auf. Ich schlage vor: Quer über die Bühne. *Die Assistenten und Plebejer spannen eine Leine über die Bühne. Die Arbeiter hängen ihre Kittel zum Trocknen auf.*
VOLUMNIA:
Erwin, merkst du was? Es riecht nach Arbeiterwohlfahrt.

ERWIN:

Der Heilsarmee war er schon immer gewogen.

VOLUMNIA *zum Chef:*

Du willst doch nicht etwa fürsorglich sein?

CHEF:

Ein shakespearischer Dauerregen verwässert das ohnehin blasse Programm.

ERWIN:

Dem du Glanzlichter aufsetzen willst.

CHEF *zu Volumnia:*

Nimm es praktisch: So wird eine deutsche, also verregnete Arbeiterrevolution zum Bild. *Leise:* Ihnen nicht, dem Himmel ist etwas eingefallen.

VOLUMNIA:

Was bist du doch für ein mieser Ästhet!

Litthenner und einige Plebejer teilen Plebejerkostüme an die Arbeiter aus.

Aus Arbeitern hast du Komparsen
gebacken, wie man Plätzchen backt.
Dein Werk, mein Freund.
Ja, hör nur weg, noch sag ich's leise:
von diesem Tag an, der den Sozialismus will,
wie wir ihn wollen, du, ich, er,
wird jeder Maurer, Dreher und Monteur,
wenn du nicht handelst, dich Verräter nennen.

ERWIN:

Dann ist es seine Pflicht, dies Bild zu korrigieren,
bevor man es in Ost und West klischiert.

VOLUMNIA:

Hier stehen Zeugen.

CHEF *zeigt auf die Puppe:*

Soll ich sie bestechen?
Soll ich, wie jener auf dem Forum, betteln:
»Vor ihnen prahlen, dies tat ich und das . . .« –
Soll ich die Braut abgeben mit verstellter Stimme,
und andrerseits den Werber spielen:
Schaut nur, wie keusch sie ist und ohne Knick?
Spielt die Braut. Das bin ich, ja, das bin ich, keusch.
Für Sozialismus und Gerechtigkeit

stritt sie von früher Jugend an!
So stritt ich, und von Jugend an.
Und diesen Ausspruch, diesen Geistesblitz
ließ leuchten sie, da's dunkel wurde!
Das tat ich: Alle Welt erleuchten.
Und wurde angefallen und gescholten,
verfolgt und mit dem Tod bedroht!
Ja, so geschah mir hundertmal.
Soll ihre Stimmen ich wie Kippen sammeln,
hier auf dem Forum? *Zur Puppe:* Freundchen sprich!
Zitiert: »Geheilte Schmarren zeigen, die ich bergen sollte . . .«
Nach oben: Kowalski, bitte mildes Licht.
Zwischen den Arbeitern:
Ach lieber Mann! Und du, Genosse, Freund!
Du kühner Maurer, stolzer Straßenbahner du!
Plebejer ihr, und ihr, Proleten!
Wenn ihr sogleich nach Hause stiefelt,
so haltet mich, ich bitte euch,
in zartem Angedenken, seht, ich hab's verdient!

MAURER *verblüfft:*
Mensch, der ist komisch.
Er lacht. Nacheinander stimmen die anderen Arbeiter ein. Es entwickelt sich ein großes Gelächter.

CHEF *zu Volumnia und Erwin:*
Soll ich so reden? Nackt und weinerlich:
Geliebte Stimmen, stimmt für mich?

VOLUMNIA *resignierend zu Erwin:*
Kaffee?

ERWIN:
Rückbesinnung auf Hegel könnte nicht schaden.
Er nickt. Sie setzt auf dem rechten Regietisch Wasser für Neskaffee auf.

VOLUMNIA:
Vor Jahren besaß ich sein Ohr. Heute darfst du ihn bemuttern.
Sie setzt sich.

ERWIN:
Kindisch genug beträgt er sich.

CHEF:

Ich hasse nun einmal Revolutionäre, die sich scheuen, den Rasen zu betreten.

ERWIN:

Was immer du dir bei Rasen denken magst, angenommen, sie trampelten ihn flach, – wird es beim Rasen bleiben? Wird dein Theater nicht gleichfalls an Saft und Ansehen verlieren? Die Bestuhlung wird ihnen Brennholz sein. Den Vorhang wird Demokratie zerschnipseln. Die Bühnentechnik wird ihren Spieltrieb fördern, weil zuerst einer, dann eine Meute es wagte, den Rasen zu betreten.

VOLUMNIA:

Glaubst du, sie werden zwischen den Grünflächen und deinem Theater zu unterscheiden wissen?

ERWIN:

Blind werden sie sein. Und sollten sie sehen, wird alles, auch dein Theater, sie rasengrün reizen.

CHEF:

Aber sie schonen ihn ja und tippeln draußen, ihre Verslein murmelnd, auf Zehenspitzen umher. – So komisch diese Prozession ist, so wertvoll kann sie uns sein. Für Coriolan oder für ein Stück, das geschrieben werden will. Indem wir aufzeigen, was nicht sein darf, wird deutlich, was die Revolution fordert. *Auf den Polier zu:* Ihr kommt her, sagt zu mir: Tu was für uns. Gut. Mit eurer Hilfe, zu eurem Nutzen. Jetzt zeig ich euch, was ihr draußen macht. Nehmen wir an: Dort hinten formiert sich der Umzug. Er verlangt Tafeln, die Ordnung fordern und jegliches Blutvergießen verneinen. *Zu den Plebejern:* Für euch einige Textvorschläge. Litthenner, zeig, was du gelernt hast. *Zum Polier:* Wichtig sind eure Sprechchöre. Ihr wißt, worum es geht, – also zankt euch nicht wieder. *Litthenner mit den Plebejern und den Arbeitern ab. Der Chef winkt Podulla zu sich heran.* Und jetzt, Podulla, bringen wir unsere Revolutionäre in Schwierigkeiten. Hier Rasen – da Rasen – hier Rasen. Markier uns was. *Ruft nach oben:* Außerdem Licht – sonntägliches Licht!

PODULLA:

Chef – heute ist Mittwoch. *Er geht ab.*

4. Szene

VOLUMNIA *gießt den Kaffee auf. Zum Chef:*
Willst du auch einen Kaffee?
CHEF:
Damit du mich endlich ja sagen hörst: Ja.
VOLUMNIA:
Immer noch ohne Zucker?
ERWIN:
Als wenn er sich ändern könnte.
VOLUMNIA:
Es gab Zeiten, da hat er nächtelang Bohnen gekaut.
CHEF:
Übrigens gibt es drüben am Wochenende ein Fußballspiel. VfB Stuttgart gegen Kaiserslautern. Sowas lenkt ab.
VOLUMNIA:
Wovon, Mann? Wovon? Du solltest mal wieder die Freundin wechseln. Andere Haarfarbe, bessere Einfälle.
CHEF:
Wolltest du mir nicht eine Tasse Kaffee?
VOLUMNIA:
Da! *Reicht ihm einen Becher. Er trinkt mit Genuß.*
CHEF:
Wir sollten einen Kasten Bier bestellen, hörst du, Erwin?
ERWIN:
Dann solltest du ihnen auch Stullen schmieren lassen.
Im Hintergrund markiert Podulla mit Hilfe einiger Bühnenarbeiter die Rasenflächen.
CHEF:
Richtig. Einen Kantinenzettel und alle Welt hergeschaut: Ich unterschreibe!
Er unterschreibt einen Zettel und gibt ihn Podulla, der damit abgeht. Volumnia tritt dicht an den Chef heran.
VOLUMNIA:
Mann, ist das alles?
CHEF:
Hast du mehr?
Ich geb' es auf. Wer mag den Stein noch wälzen,
wenn sich die Steine eigenhändig wälzen?

VOLUMNIA:
Das sagst du heut. Mann denk zurück.
Ich hab dich damals aus der Gosse.
CHEF:
Dort war es wohnlich, unterm Schimmel schön:
Der Krach in Dresden, weißt du noch.
Die Zeit mit Paule, dem Halbschwergewicht ...
VOLUMNIA:
So fand ich dich, das Chaos hätschelnd,
verhungert halb, verliebt ins Nichts,
im Unglück paddelnd ohne Ziel ...
CHEF:
Mein Kurs war richtig, doch der Kompaß log.
VOLUMNIA:
Du, Erwin, wo ist Osten, – da?
Weist mit beiden Daumen in entgegengesetzte Richtungen.
Sein Kurs war richtig! Unser Kompaß log!
Du Dichter!
CHEF:
Barrikadenduse!
VOLUMNIA:
Salonmarxist.
CHEF:
Du Flintenweib.
VOLUMNIA:
Ich könnte dich.
CHEF:
Ich dich zehnmal.
VOLUMNIA:
Na los, womit? Womit, mein Täubchen?
CHEF:
Saustück, geliebtes!
VOLUMNIA:
Freund!
CHEF:
Genossin!
Sie umarmen sich und lachen schallend.

Erwin:
Eure alte Familienplatte! Sie amüsiert mich immer wieder.
Er stimmt in das Gelächter ein.

5. Szene

Podulla kommt zurück und setzt sich an das Bandgerät. Von links tritt Litthenner auf, ihm folgt der Plebejerchor mit Schildern »Kein Blutvergießen«, »Nicht fotografieren«, »Ordnung halten«, »Rasen schonen« und nimmt seitlich Aufstellung. Es erscheinen die Arbeiter mit Transparenten »Normen runter«, »Spitzbart weg«. Sie beginnen ihren Umzug, der im Verlauf der Szene zwischen den Rasenflächen mehr und mehr in Verwirrung gerät.

Litthenner:
Es findet heut in unsrer Stadt
ein Aufstand gegen Ulbricht statt.
Die Arbeiter:
Ihr Berliner reiht euch ein
wir wollen freie Menschen sein.
Litthenner:
Ein Fotograf mit dem Belichter
wollt knipsen Arbeitergesichter.
Plebejerchor:
Während die Arbeiter protestieren
ist es verboten zu fotografieren.
Die Arbeiter:
Ihr Berliner reiht euch ein
wir wollen freie Menschen sein.
Litthenner:
Es darf nicht leiden Blumenpracht
wenn rigoros das Volk erwacht.
Plebejerchor:
Drum werden die Revolutionäre gebeten
den städtischen Rasen nicht zu betreten.
Die Arbeiter:
Ihr Berliner reiht euch ein . . .

MAURER *bricht aus, drückt die Transparente zur Seite:*
Rasen, Rasen, ich höre immer Rasen! Gibt keinen Rasen in der Stadt. Alles versteppt. Immer noch Trümmer vom Krieg. Unkraut dazwischen. Wir sind doch keine Hampelmänner! Uns hier verarschen lassen mit seinem Rasen, während die draußen. *Zum Chef:* Du ... Du ...

ZIMMERMANN:
Sag es ihm.

MAURER:
Ich sag dir, du ...

STRASSENARBEITER:
Einmal muß es ihm jemand geigen.

MAURER:
Weißt du, was du bist?

STEINTRÄGER:
Das Ohr soll ihm abfallen.

MAURER:
Du bist, du, du bist ein ganz gemeiner, listiger, hinterlistiger, ausgekochter und ganz gemeiner, du bist, sage ich ...

CHEF *gelassen:*
Bevor mein Ohr abfällt: ich bin also ein Arbeiterverräter. Stimmt's? *Zu Podulla:* Vielleicht hören wir uns diese ziemlich beispielhafte Steigerung noch einmal an. In der gehörten Reihe der Adjektive verdient die Wiederholung seiner Formulierung »ganz gemeiner« einige Aufmerksamkeit.

PODULLA:
Soll ich die Erwähnung des Rasens mitnehmen?

CHEF
Das Stichwort heißt Hampelmänner.
Das Band läuft:
Wir sind doch keine Hampelmänner. Uns hier verarschen lassen mit seinem Rasen, während die draußen. Du ... Du ... Sag es ihm. Ich sage dir, du ... Einmal muß es ihm jemand geigen. Weißt du, was du bist? Das Ohr soll ihm abfallen. Du bist, du, du bist ein ganz gemeiner, listiger, hinterlistiger ausgekochter und ganz gemeiner, du bist, sage ich ... Bevor mein Ohr abfällt: ich bin also ein Arbeiterverräter. Stimmt's?

CHEF *stoppt das Gerät:*
Ein nicht unwichtiger Kunstgriff, diese Doppelung. Wie wäre

es – nur um das Gefundene zu erproben und wenn möglich zu verbessern, – mit einem zusätzlichen »ganz gemeiner«, und zwar zwischen »hinterlistiger« und »ausgekochter«?

PODULLA:
Du bist ein ganz gemeiner, listiger, hinterlistiger, ganz gemeiner, ausgekochter und ganz gemeiner ...

MAURER *zu Podulla:* Schnauze! *Zum Chef:* Sie sind ein ganz gemeiner Lump!

ZIMMERMANN:
Das sind Sie.

MAURER:
Ein Lump, ein ganz gemeiner.

LITTHENNER:
Damit war nicht zu rechnen, Chef.

CHEF:
Schade. Wenn auch der Ausdruck »Arbeiterverräter« die Steigerung mehr motiviert als die allzu naheliegende Beschimpfung »Lump«: beides trifft mich nicht. Das Schimpfwort ist eine Waffe. Eure Gegner gehen mit ihr um, meisterlich, seit Jahrhunderten. Lernt also von euren Gegnern. *Weist auf die Coriolan-Puppe:*
Sobald der Herr hier auf Plebejer stößt,
fließt ihm die Gosse aus dem Maul.
Von Hunden spricht er und rebell'schen Schurken.
Er heißt sie jucken, bis sie Aussatz werden.
Plebejer sind ihm nichts als Ratten.

ZIMMERMANN:
Was gibt's dabei zu lernen, frag ich mich.

CHEF:
Was! Hunde? Ratten? Das laßt ihr euch bieten?

ZIMMERMANN:
Die bieten uns noch mehr – uns trifft das nicht.
Hier – willst du lernen? So'ne Liste
könnt' jeder aus dem Ärmel ziehn.
Zuerst mal: Klassenfeinde. Westagenten dann.

PUTZER:
Versöhnler ist ein jüngst gebornes Wort.

ZIMMERMANN:
Faschist, das stinkt schon, doch es putzt.

STRASSENBAHNER:

Und einmal wurd ich, eh ich's konnt kapieren,
wie folgt beschimpft: Ob – jek – ti – vist.

PUTZER:

Dann gibt's noch dies: Kapitulant.

STEINTRÄGER:

Und Perspektivelose gab's schon immer.

PUTZER:

Revisionisten! Saboteure!
Reaktionäre Elemente!

MAURER:

Heute sind wir, du kannst sicher gehn:
Provokateure und Putschisten ...

POLIER:

Aufweichler, Westler und nicht linientreu.

PUTZER:

Aus Saboteur und Westagent
mischt sich das Schimpfwort: Sabogent.
Gelächter der Arbeiter.

CHEF:

Ihr habt recht. Ratten, Hunde – daran gewöhnt man sich. Objektivist? Kapitulant? Papierkugeln. Abstrakte Steine, die niemand treffen. Und wie, wenn man euch beim Alltäglichen greift? Sagen wir, bei der liebgewordenen Gepflogenheit, täglich Kartoffeln zu essen? – Kartoffelfresser. Ihr Kartoffelfresser! – Oder man nimmt euch bei der Potenz und sagt: Wochenendhengste. Ja doch: ihr Wochenendhengste. Oder man zählt sich eure harmlosen Feierabendbeschäftigungen auf: Karnickelzüchter, Biertischstrategen, Laubenpieper. Denn das seid ihr doch: Äußerst gefährliche Biertischstrategen.
Kosanke tritt von links auf. Der Chef fühlt sich gestört.

6. Szene

CHEF:

Was gibt's schon wieder? Hier ist Probe!

KOSANKE:

Es ist wie Kronstadt: Konterrevolution!

POLIER:
Den Burschen kennen wir doch!
KOSANKE:
Die Ratten wittern Morgenluft!
VOLUMNIA:
Des Volkes Dichter.
ERWIN:
Dein Kollege.
KOSANKE:
Aus allen Kellerlöchern: Konterrevolution,
die wir ersticken müssen.
PUTZER:
Der ist doch dem Spitzbart sein Sprachrohr.
KOSANKE:
Keine Diskussionen.
Wir brauchen dich. Nur noch dein Name,
dein Wort kann helfen. Dir vertrauen sie;
mich hat die Meute ausgepfiffen.
VOLUMNIA:
Nicht nur der Aufstand, auch der Staat
sucht deine Hilfe. Welche Macht,
welch vielumworbne Macht birgt dieser Sessel.
CHEF:
Beleuchter, wieder Arbeitslicht!
KOSANKE:
Ich sprach zu ihnen auf dem Spittelmarkt,
verhältnismäßig höflich, doch sie pfiffen.
CHEF:
Kosanke! Zeig das Aug, Genosse:
Die Gelbsucht steigt, mußt salzlos essen.
KOSANKE:
Wenn nur Diät uns drohte! Chef, sie kommen!
Sie fordern Freiheit, sind verhetzt!
CHEF:
Wer also Freiheit fordert, ist verhetzt?
KOSANKE:
Sie rücken vor in fünf, sechs Säulen.
CHEF:
Verhetzte, die die Freiheit fordern.

Kosanke:

Provokateure und Putschisten!
Faschistenhunde, Westagenten! *Die Arbeiter lachen.*
Sie wollen das Kulturhaus sprengen ...

Chef:

Respekt, Respekt!

Kosanke:

Sind fünfzigtausend!

Erwin:

So viele Leser hat Kosanke zu seiner Feier aufgerufen?

Volumnia:

Das nennt man literarischen Erfolg!

Kosanke:

Kein Spaß, Chef, diesmal, hier mit harter Faust
muß durchgegriffen werden, knallhart angesprochen.
Wir im Kulturhaus sind knapp dreißig Mann.
Und ohne Waffen.

Erwin:

Wer wollte auch, zumal als Dichter,
auf Leser schießen, die, Zitat im Munde:
»Bauauf! Bauauf!« des Volkes Sänger
mit »Freundschaft! Freundschaft!« feiern wollen?

Kosanke *zu Erwin:*

Dein Scherz wird bald dein letzter sein.

Erwin:

Den hätt ich gern in Marmor stehn.

Kosanke:

Sie werden Rache nehmen, Zahn um Zahn ...

Volumnia:

Durch seinen Anblick hat Kosanke
ihr Aug' verletzt, nun juckt das seine.

Kosanke:

Komm mit und halt sie auf mit deiner Rede.
Du hast die Zunge und den Witz,
sie allesamt, sind fünfzigtausend,
verhetzte und verführte Elemente,
nach Haus zu schicken, wo sie hingehören.

Chef:

Sie wär'n enttäuscht, die fünfzigtausend,

denn dich zu feiern, sind sie ausgezogen.
Mich liest der Westen mit Vergnügen;
der Osten liest Kosankes Lügen.
Er wendet sich ab.

KOSANKE:
Das mit dem Westen will ich schriftlich haben.

CHEF:
Wer noch will etwas schriftlich haben?

KOSANKE:
Wer zahlt dir deine Bude? Wer?

CHEF:
Wer alles will mich melken? Wer?
Zuerst des Staates Untertanen,
und gleich darauf der Staat?
Ich bin nicht eure Kuh.

KOSANKE:
Wer hätschelt dich und duldet deine Launen?
Den Formalismus, den ihr Realismus nennt?
Der Westen etwa? Oder wir?

CHEF:
Wie dankbar sind wir unserem Gönner.

KOSANKE:
Also dem Staat. Dein Gönner ist der Staat.

CHEF:
Wie konnte ich den Staat vergessen!
Laßt uns mit Arbeit dankbar sein.

KOSANKE:
Die Wahrheit ...

CHEF:
Ist konkret. Es läuft die Probe!

KOSANKE:
Was soll Theater, wenn das Volk,
Regie nicht achtend, Handlung treibt?

CHEF:
Hör zu: im Bett, die lust'ge Liebe,
die Taufe später, mühevoll der Tod,
den Krieg, den Frieden muß man proben,
die Hasenjagd, das Fußballspiel,
sogar das Chaos muß man proben,

den Zufall, Schluckauf, Zaubertrick,
der Heilige muß Wunder proben,
den Aufstand der Plebejer muß man proben.
Zum Beispiel will sich Volkes Wut
mit Sinn für Sauberkeit vermählen.
Sie wollen ihre Butterbrotpapiere
nicht auf die Straße werfen, während fünfzigtausend
Kulturpalast und Rathaus stürmen,
nein, in die städtischen Behälter
mit Schlitz und Aufschrift, leserlich:
»Das Volk hält seine Straßen sauber«
muß es hinein, das Butterbrotpapier. –
Solch reinliches Verhalten wollen wir
jetzt proben. – Bitte Licht.

LITTHENNER:
Also was her, das so aussieht wie.

CHEF:
Und ist endlich das Bier oben?

PODULLA:
Auch die Butterbrote.

MECHANIKER:
Ja doch! Kleiner Imbiß könnte nicht schaden.
Rufus und Flavus holen eine Kiste Bier und eingewickelte Butterbrote aus der Gasse.

PODULLA:
Ich mußte dreimal quittieren.

KOSANKE:
Was? Wurst und Pilsner für dies Pack?
Zum Steinträger:
Das ist doch der vom Block C-Süd.
Ich denk, ihr probt? Probt ihr den Putsch?

BRENNUS:
Das Volk hält seine Straßen sauber!

MAURER:
Kosanke, auch ein Bierchen? Sauf.

PUTZER:
Seht den Schmarotzer!

Kosanke:

Das sind Westagenten!

Das sieht man doch an ihren Entensterzfrisuren.

Maurer:

Verräter an der Klasse, du!

Kosanke:

Hier spricht der Arbeiter- und Bauernstaat.
Und wer den heut verrät, den nenn ich Klassenfeind.

Brennus, Coctor und Varro:

Das Volk hält seine Straßen sauber!

Die Arbeiter holen sich Bier, kauen Butterbrote und werfen das Papier in die Kiste.

Steinträger:

Ihr Funktionäre in die eigene Tasche,
Lohndrücker, habt uns ausgesaugt.

Kosanke:

Söldlinge ihr, bezahlt von drüben.

Strassenarbeiter:

Du Bonzenschwein, du Politruk!

Zimmermann *kippt Kosanke in die Kiste:*

Das Volk hält seine Straßen sauber! *Gelächter.*

Kosanke:

Provokateure und Putschisten!

Alle:

Das Volk hält seine Straßen sauber!

Kosanke:

Versöhnlerpack! Trotzkistenbrut!
Des Kapitals gekaufte Knechte!

Die Arbeiter heben ihn samt der Kiste hoch und tragen ihn von der Bühne.

Alle:

Das Volk hält seine Straßen sauber!

Kosanke *schreit:*

Kosmopoliten! Defaitisten!

Alle:

Das Volk hält seine Straßen sauber!

Kosanke:

Ihr dekadenten Formalisten!
Verweichlicht, westlich, bürgerlich . . .

CHEF:

Das nenn ich Beute! Lief das Band?
Die Massen wird man auseinandertreiben;
dies Material jedoch wird bleiben.

Er setzt sich an das Bandgerät und läßt die aufgezeichneten Szenen kurz anlaufen. Die Arbeiter kehren lachend zurück, lassen sich die Bierflaschen austeilen und trinken. Erwin sitzt über Büchern.

VOLUMNIA *im Abgehen zu Erwin:*

Er spielt. – Du rettest dich in die Bücher. – Die Arbeiter trinken Bier. – Es ist Mittag. – Der Aufstand tritt auf der Stelle.

Vorhang

Dritter Akt

1. Szene

Die Arbeiter trinken Bier. Der Mechaniker pumpt Luft in die Fahrradreifen, der Straßenbahner nimmt seinen Kittel von der Leine.

STRASSENARBEITER:
Gibt es noch Bier?

STEINTRÄGER:
Sauf nicht so viel.

MAURER:
Mir ist es zu still hier.

ZIMMERMANN:
Und wir haben gedacht, das ist unser Mann.

MAURER *zum Putzer:*
Was haste gesagt: sein Name auf unserem Papier, und alle Welt sagt: Donnerwetter!

ZIMMERMANN:
Der? Der hat ganz andere Interessen als wir.

MAURER:
Mann, und draußen wird schon der Spitzbart rasiert.

ZIMMERMANN:
Und wir nicht dabei! – Hier ist doch kein Blumentopp mehr zu gewinnen.

POLIER:
Ich habe meinen Auftrag: sein Name. – Macht, was ihr wollt.

ZIMMERMANN:
Du Sturkopp! Der will euch verschaukeln.

MAURER:
Womöglich verpfeifen die uns.

POLIER:
Mein Auftrag lautet: hierbleiben, bis er ja sagt.

MECHANIKER:
Und wenn das nichts wird – drüben warten sie nur auf uns.

STEINTRÄGER:
Wir waren im Westen. Das zählt nicht.

ZIMMERMANN:
Draußen, das zählt.

MAURER:
Los! Wer macht mit? *Pause.*

Strassenbahner:
Ich will bloß mal gucken, ob sie mir nicht den Anhänger aus den Schienen. *Ab.*

Polier *zum Putzer:* Laß ihn. *Zum Maurer:* Melde dich bei der Streikleitung.

Mechaniker:
Wenn es die noch gibt.

Polier:
Sag denen, wir kommen nicht weiter. Frag, ob das noch Zweck hat. Auf jeden Fall – sie sollen wen rüberschicken.
Maurer und Zimmermann ab. Es entsteht eine Pause.

Strassenarbeiter:
Wir waren mal abgeschnitten. In Lappland. Halbe Kompanie. So kommt mir das vor.

Polier *zum Steinträger:*
Wird das kapiert in Leipzig und Rostock, was der Scharnowski drüben über den Funk gesagt hat?

Steinträger:
Sucht eure Plätze auf, hat er gesagt.

Putzer:
Das kapiert jeder.

2. Szene

Chef *tritt von rechts auf. Zu den Arbeitern:*
Wo sind die Assistenten? *Zum Polier:* Schmeckts? *Zu den Arbeitern:* Interessiert Euch das? *Auftritt Erwin.* Ich habe die Szene umgeschmissen. Rom, eine Straße. Doch vor den Plebejern laß ich die Tribunen auftreten. – Wo sind Podulla und Litthenner?

Erwin:
Auch wenn es dir die Laune nehmen wird: Beide haben mir die Regiebücher übergeben.

Chef:
Litthenner auch?

Erwin:
Zu zweit machten sie ihren Entschluß bekannt.

CHEF:

Darf man sie nun zu den Aufständischen zählen? Ich dachte, wir hätten zu arbeiten?

ERWIN *lächelt:*

Sie sind deine Schüler. Vermutlich stehen sie in Hauseingängen und füllen ihre Oktavhefte mit nützlichen Beobachtungen.

CHEF:

Fleiß schützt vor Sünde.

ERWIN:

Auch unsere Freundin schminkte sich für die Straße.

CHEF:

Das überrascht dich? Sie handelte immer blindlings, und manchmal richtig.

ERWIN:

Fatalerweise ...

CHEF:

Noch eine Panne?

ERWIN:

Es tut mir leid, zumal du gut aufgelegt warst.

CHEF:

Also?

ERWIN:

Nur zwei Plebejer sind uns geblieben. Dieser Aufstand, so mangelhaft er vorbereitet ist, hat einen gewissen Sog. – Auch ich mußte mich festhalten.

CHEF:

Lasse dich los. Ein Unwissender mehr. Sei dabei. Auf die Dramaturgie kann ich verzichten, solange noch ein einziger Schauspieler auf der Bühne steht. – Schaff mir die Laien aus dem Theater.

ERWIN *kühl:*

Die dir geholfen haben.

CHEF:

Mach es mit Anstand.

ERWIN:

Soll ich Freikarten verteilen?

POLIER:

Wir haben begriffen, Chef. Wir stören und wissen nicht, wie

man sich anstellt auf dem Theater. – Aber wir wollen stören und im Wege sein.

STRASSENARBEITER:
Und zwar jetzt.

ERWIN:
Seid friedlich, Leute.

STRASSENARBEITER *droht mit der Flasche:*
Pfoten weg – oder ich atme ein.

STEINTRÄGER:
Das ist unser Mittwoch. Da könnt ihr nicht abseits stehen und zugucken. Da müßt ihr zahlen. Wenn ich auch nur ein Sozi war, aber ich habe gezahlt. Bei den Nazis – hier! *Er zeigt die Innenseite des Unterarms.* Und wenn es sein muß, sitz ich bei denen noch mal. Das ist ein großer Tag heute.

POLIER:
Es bewegt sich was.

PUTZER:
Da wird nicht nur wegen der Normen geschrien.

POLIER:
Geflüstert wurde von fehlender Freiheit genug. Nun brüllen sie: Freiheit!

CHEF:
Brüllen verschleißt die Wirkung.

ERWIN:
Bedenkt, zwei Silben hat unser schönes Wort.

STRASSENARBEITER *angetrunken:*
Wir fordern Freiheit!

ALLE ARBEITER:
Freiheit!

ERWIN *nachsichtig, freundlich:*
Jemand, der euch hört, möchte meinen, ihr verlangt nach dem Frühstück und nicht nach der Freiheit.

CHEF:
Ein gutes Frühstück ist ihnen Freiheit.

MECHANIKER:
Jedenfalls gehört es dazu. Bloß Freiheit macht keinen Kohl fett. Deshalb war ich, als es losging, schon nicht ihrer Meinung. Genau wie Sie. Zuschlagen hätten wir müssen. Aber bevor ich wegen »Normen runter« und bißchen Freiheit wieder nach

einer durchgeladenen Knarre greife, – zwei Jahre Rußland, das langt! – bevor also meines Vaters gebrannter Sohn noch einmal die Rübe hinhält, haut er ab. *Zu den Arbeitern:*
Und zwar zum alten Adenauer rüber,
der ist nicht schlechter, als der Ulbricht hier.

STEINTRÄGER:
Weswegen biste dann noch hier und noch nicht drüben?

MECHANIKER:
Ich guck mir an, wie weit ihr heute kommt.

STRASSENARBEITER:
Mensch, zieh bloß Leine – drüben fehlt's an Pfeifen.

MECHANIKER:
Dafür gibt's Ananas da drüben.
Bei uns gibt's nicht mal Weihnachtskerzen.
Und alles gibt's auf Karten, sogar Zwirn!
Das wird hier nie was. *Nimmt sein Fahrrad.*

STRASSENARBEITER:
Drüben wirste fett.

STEINTRÄGER:
In pures Gold faßt man dich drüben.

MECHANIKER:
Und hier? Hier faßt man mich in Blei.

STRASSENARBEITER:
Spannt ihm die Reifen ab!
Auf Felgen laßt ihn türmen. *Will das Rad demolieren.*

CHEF:
Das wird notiert. Läuft auch das Band? *Straßenarbeiter läßt vom Fahrrad ab, da er den Satz auf sich bezieht.*
So könnte es in Rom sich zugetragen haben. Es könnte einer der Plebejer sagen: Noch schau ich zu, wie weit ihr heute kommt . . .

ERWIN:
Weil ohne Fahrrad, trägt er Reisestiefel . . .

CHEF:
. . . doch wird nix draus, mach ich mich dünn.

ERWIN:
Und wenn beim ersten Auftritt Coriolans
ihm die Plebejer drohn: »Wir wandern aus!«,

könnt Coriolan die Plebs verhöhnen,
indem er »Gute Reise« wünscht.

MECHANIKER:
Und wanderten sie aus, ich mein, aus Rom?

CHEF:
Sie überlegten sichs zu lang;
und dann begann ein kleiner Krieg
und zog 'nen größren nach.

POLIER:
Das kann bei uns wohl kaum passieren.

STEINTRÄGER:
Bist du so sicher? *Betroffenheit. Pause.*

MECHANIKER:
Bevor das losgeht, bin ich weg.

POLIER:
Weg biste nicht, du bist nur drüben.

STEINTRÄGER:
Und wenn es drüben losgeht?

PUTZER:
Mann, die sind doch müde.

POLIER:
Genau! Die machen keinen Finger krumm.
Die stellen allenfalls, das kostet nix,
paar Kerzen uns zum Gruß ins Fenster.

STRASSENARBEITER:
Ich hab 'nen Vetter in der Pfalz,
den kümmert nur, ob Kaiserslautern siegt.

PUTZER:
Ein Freund von mir am Bodensee,
dem ist die Gegend hier zu flach.

STEINTRÄGER:
Glaubt irgendwer, daß die im Rheinland wissen,
daß Bautzens Zuchthaus Platznot hat?

POLIER:
Die uns am Werktag abgeschrieben haben,
verkünden sonntags: Haltet aus!

PUTZER:
Ja, wären wir katholisch! Aber so?

MECHANIKER:
Ich schick euch Päckchen, wenn ich drüben bin.
CHEF:
Mit Coriolan gesprochen: »Gute Reise!«
Der Mechaniker geht mit dem Fahrrad ab.
STEINTRÄGER *zum Chef:*
Den können Sie sich hintern Spiegel stecken.
CHEF:
Da ist noch Platz.
STEINTRÄGER:
Ich frag Sie: Platz genug?
Erwin geht zum Tonband und stellt es ab.
STRASSENARBEITER:
Was gibst du dich noch ab mit dem?
Der guckt doch auch bloß zu und hält den Kopf nicht hin.
STEINTRÄGER:
Ich kannte mal einen Pferdehändler. Der hatte, wenn er den Gäulen ins Gebiß langte, eine gewisse Ähnlichkeit mit Ihnen. Aber wir sind keine Pferde.
STRASSENARBEITER:
Und auch keine Versuchskaninchen.
POLIER:
Wie wollen Sie das verantworten?
STEINTRÄGER:
Ich weiß, Sie werden bezahlt: Heute für gestern, und morgen für heute. Und wenn wir Sie bezahlen? *Er zieht seine Geldbörse.* Was kostet uns Ihre Stunde?
CHEF *Aug in Auge mit den Arbeitern:*
So also wird die Schuld zubereitet: Man nehme: Unwissenheit und einen gestrichenen Löffel voll falsch betontem Bedürfnis nach Freiheit, rühre mein wissendes Zögern in dieses Eintopfgericht, und schon kommen sie, weisen auf mich, den Koch.
Er wendet sich ab und geht zum Tisch.
Welch lausiges Datum bekommt heute Gewicht. Ach. Livius, Plutarch, Lenin. Könnte ich mitschwimmen, Rom verlassen, mich bewegen, bewegt werden, falsch oder richtig betonen, schreien, außer mir, aber dabei sein. – *Setzt sich erschöpft.* Möchte Horaz lesen. Wie sehen Tannen aus in der Frühe.
Er sitzt zusammengesunken hinter dem Regietisch.

Wiebe und Damaschke treten von hinten links auf. Beide tragen Lederzeug und hochgeschobene Motorradbrillen.

WIEBE:
Die Streikleitung schickt uns.

ERWIN:
Wir haben nun genug Delegationen gehört.

DAMASCHKE:
Es soll hier nicht klappen mit der Solidarität.

ERWIN:
Ja doch, eure Sache ist auch die unsere, gewiß.

WIEBE:
Das also ist der Chef des Hauses,
der vielgerühmte Freund der Unterdrückten.

ERWIN:
Ich bitte euch, er ist erschöpft.

WIEBE:
Geschenkt! Es fehlt uns seine Stimme.
He, Chef! Genossen! Ich heiß Wiebe.
Das ist Damaschke. Wir sind Abgesandte
der Kreise Bitterfeld und Merseburg.
Es streiken Leuna, Buna und Groß-Kayna.
Damaschke vom Elektrokombinat,
ich, Wiebe, bring aus Halle Grüße:
Nicht nur Berlin, die Republik
hat satt die Ulbricht, Grotewohl und Pieck.
Begrüßung mit den Arbeitern.

POLIER:
Wie steht's in Leipzig?

DAMASCHKE:
Wir sind oben.

STEINTRÄGER:
In Magdeburg?

DAMASCHKE:
Das Zuchthaus ist geknackt.

WIEBE:
Und ihr? Habt ihr ihm Dampf gemacht?
Alle sehen auf den Chef.

CHEF:

Daß sie immer zu zweit auftreten müssen, jeder des anderen Zeuge.

ERWIN:

Als das Paradies liquidiert wurde, wieviele Erzengel setzte man ein?

CHEF *steht auf. Mit überraschendem Charme:*

Damaschke, Wiebe? – Hübsche Namen,
wie Rosenkranz und Güldenstern.
Ich steh zu Diensten. Woran fehlt's?
Er verbeugt sich.

WIEBE:

An Hohn bestimmt nicht. Sag's ihm schon.

DAMASCHKE:

Ein Streikaufruf, wie ihr ihn denkt,
und einen offnen, ziemlich offnen Brief ...
Vielleicht ...

WIEBE:

Sag nicht vielleicht!

DAMASCHKE:

Bestimmt
fällt Ihnen etwas ein: paar scharfe Sachen.

CHEF:

Beim Wort genommen. Wer notiert?

ERWIN:

Du willst im Ernst?

CHEF:

Im Ernst. Mein Wort zur Lage.
Erwin mit dem Block neben dem Chef.
An Ulbricht, den das Volk zumeist
den Spitzbart nennt. – Mach einen Doppelpunkt.
Genosse Sekretär, du sollst nicht schießen,
dies Volksfest lohnt kein Blutvergießen.
Die Bürger woll'n nur ausprobieren,
ob unsre Straßen breit genug
im Ernstfall für 'nen Aufstand wären.
Dann gehn sie wieder brav zu Muttern
zwölf Stück Kartoffelpuffer futtern.
Doch dies, Genosse, ist erwiesen:

für einen Aufstand sondergleichen
die Straßen, Plätze schrecklich reichen!
Er nimmt den Block.
Nun eigenhändig, samt der Unterschrift:
Und wenn Dir dieses Volk nicht paßt,
dann wähl dir eins, das besser paßt.
Er reicht den Brief Damaschke.

DAMASCHKE:
So oder so kann man das verstehn.

WIEBE *reißt ihm den Brief aus der Hand:*
Der reißt Witze!

STRASSENARBEITER:
Auf unsere Kosten.

WIEBE:
Volksfest, sagt der! Gleich krieg ich die Platze.

CHEF:
Sie können nicht lesen.

WIEBE:
Da ist Ironie drin. Das stinkt.
Er zerknüllt den Brief und wirft ihn weg. Erwin hebt ihn auf, glättet ihn und steckt ihn ein.

CHEF:
Dabei biete ich eine Lösung an, die unserer Regierung hinterbracht werden sollte.

STRASSENARBEITER:
Das hinterbring man selber.

WIEBE:
Für den ist der Aufstand schon vorbei. In Leipzig brennen die Aktenschränke, in Halle hängen sie Spitzel auf, in Merseburg werden die Bonzen verhört.

STRASSENARBEITER *packt den Chef am Kittel:*
Los, nehmen wir ihn in die Mache.

DAMASCHKE:
Und der nicht besser – Freundchen, komm! *Packt Erwin.*

WIEBE:
Glaubst du an unser Deutschland, Chef?

CHEF:
Wir essen beide gerne Pellkartoffeln.

WIEBE:
Das sind zwei Worte, Deutschland und Kartoffeln.

CHEF:
Das eine Wort verspeis ich täglich;
das andre frißt mich täglich auf.

STRASSENARBEITER:
Der wird uns noch Kartoffelsupp
auf »Deutschland über alles« reimen.

DAMASCHKE *schreit den Chef empört an:*
Geteilt ist Deutschland!

ERWIN:
... samt Kartoffeln.

CHEF:
Soweit ich denk – und ich vergesse nicht –
geeint war's immer ungemütlich.

WIEBE:
Da habt ihr's: richtig angetippt,
schon singen sie. Das heißt bei mir: Verrat.

STRASSENARBEITER:
Ein Saboteur ist er.

WIEBE:
Aufknüpfen, die Verräter. Kurzer Prozeß gemacht.

STRASSENARBEITER *sieht nach oben:*
Laß sie doch hochhängen. Mang dem Theaterplunder.

WIEBE:
Im Namen des Volkes.

STEINTRÄGER:
Hör mal, Kollege. Standgericht mag in Bitterfeld üblich sein...

WIEBE:
Im Namen des Volkes...

STEINTRÄGER:
Wir sind gegen solche Methoden.

WIEBE:
Sonst noch Einspruch? *Niemand meldet sich.* Also klarer Fall.
Zum Putzer: Laß mal was kommen. Mach schon!

PUTZER:
Können vor Lachen. *Geht nach rechts ab.*

STRASSENARBEITER *zum Polier:*
Halt du den Onkel.

Er übergibt Erwin dem Polier, nimmt die Wäscheleine ab, teilt sie und knüpft zwei Schlingen. Ein Zug mit dem eingeschalteten Spielflächenapparat kommt langsam herunter.

ERWIN:
Wir hätten hiesiges Bier bestellen sollen und nicht das starke Import.

CHEF:
Diese Art Dramatik habe ich immer gehaßt.

ERWIN:
Das überrascht mich. Deine Forderung hieß: Die Revolution möge den Rasen nicht schonen.

STRASSENARBEITER:
Stop! – Und jetzt wird Kragenweite gemessen.
Er befestigt Schlingen am Zug. Er und Wiebe legen dem Chef und Erwin die Schlingen um den Hals.

ERWIN:
Bevor wir mitwirken dürfen an eurem hastigen Aktschluß, steht uns, so hoffen wir, ein letztes Wort zu.

WIEBE:
Abgelehnt.

DAMASCHKE:
Einspruch.

WIEBE:
Paßt aber auf, daß ihre Köpfe hübsch in den Krawatten bleiben.

ERWIN *zum Chef:*
Jetzt müßte ich Menenius sein . . .
Merkwürdig, daß den alten Narren
auf einmal Ängste schlauchen. – Chef, sprich du.

CHEF:
Mich hindert Schluckauf. Sei so gut.

ERWIN *mit Schweiß auf der Stirn:*
Ihr heilgen Demagogen, helft!
Wenn wir auch hängen müssen, – ihr habt recht.
Ihr meint die oben – und nennt uns Verräter.
Die oben müssen hängen – also hängt ihr uns.
Wir sind der Staat, nicht wahr? Wir sind der Staat.
Drum schließt das Konto, zählt's an Fingern ab.
Doch eh wir hängen, – wir, das heißt der Staat –
seid für fünf Pfennige gerecht:

so faul der Laden stinkt und Brechreiz macht,
wir haben keinen bessren, als der ist.
Die Herrschenden da oben – also wir –
wenn auch auf unbeholfne Art,
wir mühen uns für dich und dich.
Denn was euch drückt – die Normen nicht zuletzt –
der Mangel, ja, die Diktatur,
nicht unsre Bonzen sind's allein,
es lassen uns die Bonzen hinterm Rhein
nicht festen Fuß und langen Atem fassen.
Stets einig sind sie, wenn wir uneins sind.

DAMASCHKE:
Dies Liedchen schwimmt uns täglich statt der Grieben
in unsrer Suppe. Und macht niemand fett.

STRASSENARBEITER:
Fett seid ihr oben . . .

POLIER:
. . . wir molochen.

WIEBE:
Los, hoch mit ihnen!

STRASSENARBEITER:
Macht aus beiden
zwei Bammelmänner, die an Halsweh leiden.

ERWIN:
Bevor ihr euch so sträflich überhebt,
will ich – der Staat – ein allgemeines Gleichnis bieten,
das, unsrem Römerstück entliehn,
auf unsre Zeit sich läßt beziehn.

STRASSENARBEITER:
Seid ihr da scharf drauf?

WIEBE:
Solche Weise
hat uns der Pfarrer schon gegeigt.
Los Jungs, wir feiern Himmelfahrt!

DAMASCHKE:
Laßt ihn doch flöten. – Mensch, ein Westgerät.
In Halle die Kollegen wollen auch was hörn.
Er geht zum Bandgerät und stellt es an.

WIEBE:

Ich sag jetzt: Einspruch.

DAMASCHKE:

Hast du Schiß?

Pause.

ERWIN:

Es war einmal, da faßten alle Glieder
nach allzu kurzem Rat den Schluß,
den dicken Bauch mit Knüppeln zu berennen,
weil er, so sagten sie, nur faul und träge
die Brocken schlinge, während sie
sich rühren müßten, um die Norm, wie ihr,
die viel zu hohe Norm zu schaffen.
Da sprach der Bauch . . .

PUTZER:

Das möcht ich wissen, was die Wamme singt.

ERWIN:

Seid Ohr, ihr Glieder, spöttisch grinsend,
nicht herzhaft lachend, voller Spott . . .

WIEBE:

Na los, was fällt ihm darauf ein?

STRASSENARBEITER:

Was spricht der Arsch mit Bauches Stimme?

ERWIN:

Er mag erst reden, wenn die Glieder schweigen.

STRASSENARBEITER:

Nun aber fix, sonst fang ich an zu wirken.

CHEF:

Die Nachgebornen werden lächeln,
wenn jenes Tonband unser Todesröcheln
als Zeugnis bietet. – Bitte sprich.

ERWIN:

Ganz ohne Eile sprach der Bauch:
– wer Därme birgt, kann sich gedulden –
Nun, meine lieben Zappelglieder,
ihr Arme, Beine, Kopf auf Hals,
zwei Daumen und acht Finger ihr,
– und auch der elfte wäre ungeladen,
zög ich nicht Saft aus Sellerie, –

hört zu: ich bin das A und O,
Zentrale bin ich, Frontleitstelle,
ein Bahnhof, der euch Güterzüge
ins fernste Nest schickt, – mir der Rest! –
den kennt ihr wohl, wißt um die Sitte,
mit ernster Sorgfalt euch zu wischen.
Das nämlich ist des Bauchs Gewinn,
auch Bangen um des Stuhlgangs Regel,
und ob ihr auch vernünftig speist,
ihr raffend unvernünftgen Glieder. –
Und so verhält sich's mit dem Staat.

STRASSENARBEITER:
Wieso denn Staat?

PUTZER:
Die Wamme ist der Staat!

ERWIN:
Wie wir der Staat sind – er und ich.
Was weißt du schon, du Große Zehe,
der, wett ich, halb der Nagel fehlt ...

STRASSENARBEITER:
Ich wär' 'ne Zehe? – Doch das stimmt:
Einst quetscht ich mir in Neuruppin
auf einer Großbaustelle links den Onkel
und feierte vier Wochen krank. *Gelächter.*

ERWIN:
Was sag ich: Arme Große Zehe!
Zwar wichtig bist du, schlecht zu missen,
doch ohne Weitblick, Horizont,
verpackt in Socken und in Filzpantoffeln, –
und willst trotzdem, dem ersten Schritt voran,
den Anstoß geben: Hängt den Bauch?

PUTZER:
Was heißen würde: alle Glieder ...

ERWIN:
Sie hängen gleichfalls – mit dem Bauch.
Pause.

PUTZER:
Ich will nicht hängen.

POLIER:

Niemand will

Pause.

STRASSENARBEITER:

Wenn man es so anguckt ...

STEINTRÄGER:

Sei ihm behilflich.

WIEBE:

Wer erteilt hier Befehle?

STEINTRÄGER:

Ich.

ERWIN:

Danke. Ja. Schon gut.

Der Straßenarbeiter hilft dem Chef, der Putzer hilft Erwin die Schlingen ablegen.

POLIER *während er Erwin hilft:*

Diese Methode lag mir von Anfang an nicht.

Der Chef sucht auf dem Regietisch, winkt den Polier heran und gibt ihm seinen Bogen Papier zurück. Der Chef beginnt, seinen Kittel zuzuknöpfen. Es entsteht eine Pause.

ERWIN *zum Chef:*

Nun, hat auch dich die Fabel von den Gliedern,
die ihren Bauch berennen, überzeugt?
Hier hat ein Unsinn Tradition
und hält sich frisch, wie Formalin die Leichen.
Drum darf der Fortschritt ihn nicht streichen.

Zu den Arbeitern: Mein Vorschlag wäre: ihr geht nun, jeder für sich, nach Hause.

Pause.

STRASSENARBEITER:

Draußen regnet es, – immer noch.

PUTZER:

Er meint mit Regen ... Na, Sie verstehen schon.

Lärm von draußen.

WIEBE:

Hosenscheißer hat er aus euch gemacht! *Der Lärm nimmt zu.* Still! – Sie kommen.

DAMASCHKE:

Wir sind nur zum Spaß hier, verstanden?

Während der letzten Sätze hat der Chef seine Bücher zusammengepackt und seine Mütze genommen. Er ist im Begriff, nach hinten abzugehen. Erwin folgt ihm. Sie werden in der Mitte der Bühne aufgehalten.

4. Szene

SCHWEISSER *stürzt herein:*
Gibt's hier Verbandszeug? Schnell!
Die Friseuse, der Schweißer und der Eisenbahner schleppen den Maurer mit der Fahne von hinten links herein.

EISENBAHNER:
Wir bringen ihn!

STRASSENARBEITER:
Was?

DAMASCHKE:
Wen?

POLIER:
Mensch, Karl.

FRISEUSE:
Ein Pflasterkasten!

POLIER:
Wo hängt der hier?

ERWIN *leise, besorgt zum Chef:*
Du solltest wirklich gehn.
Der Chef bleibt fasziniert stehen. Der Maurer mit der Fahne macht sich los.

MAURER:
Laß doch die Tinte laufen. Hier. Ich habe. *Zum Chef:*
Und was hast du? Na was? Ich habe!

FRISEUSE *zum Chef:*
Von oben runter, hat vom Brandenburger Tor ... *Sieht nach oben, hält ein.*

SCHWEISSER:
Und ganz allein hat er ...

FRISEUSE *verblüfft:*
So sieht das aus – Theater.
Da ist die Rampe – *in den Zuschauerraum* da – da sitzen sie.

MAURER:

Jawohl! Allein von oben! Was habt ihr?

FRISEUSE *zum Chef:*

Ich bitt Sie, fassen Sie ihn an, ein Held,
ein regennasser Held. Er hat von oben . . .

EISENBAHNER:

Laß ihn erzählen, wie er hat.

FRISEUSE:

Nein, ich will von der Rampe!

EISENBAHNER:

Er! Die spinnt.

MAURER:

Ihr alle habt von unten, wie ich oben.
Ich weiß nicht wie, auf einmal rauf:
Das mußte fix, damit der Rückzug nicht,
weil auf dem Dach vom Adlon vopoblau.

WIEBE:

Als wir in Halle brachen auf
das Stadtgefängnis und in Bitterfeld . . .

FRISEUSE:

Laßt ihn erzählen, ihr könnt später.

DAMASCHKE:

Als sich das Komitee zu Merseburg
an einem Tisch, an dem zuvor die Bonzen . . .
Sie wählten mich, da habe ich sofort.
Genossen, sagte ich, Genossen!

FRISEUSE:

Er also rauf.

MAURER:

Wenn ich mal, dann.
Mit Hotten, weil der schwindelfrei, doch ich,
zuerst mal Treppen, Leitern dann,
die, als das Tor im Krieg, denn oben soll.

EISENBAHNER:

Wir eingehenkelt, Ohren angelegt.

FRISEUSE:

Die Vopos fürchten sich und prügeln.

SCHWEISSER:

Auf Lkws kommt Oberspree . . .

FRISEUSE:
Doch unsere Mädchen aus dem Fortschrittswerk,
mit Regenschirmen stechen sie zurück.
EISENBAHNER:
Und ich sah Vopos, als wir kamen,
da schnallten sie die Koppel ab.
WIEBE:
Bei uns im Panzerschrank zu Bitterfeld
fand eine Liste sich mit Namen unter Namen.
MAURER:
Als wir, nur Regen, Wind, kein Feuerschutz.
FRISEUSE:
Klatschnaß ist er, mein Held.
SCHWEISSER:
Na schön, laß ihn.
MAURER:
Ich oben rangerobbt, weil Hotten sich,
na Meter wieviel, grobgeschätzt,
bis an die Stange, – oben schlaff.
Und auf dem Adlon hatten vopoblau,
daß Hotten sich zuerst, doch ich,
weil unten ganz Berlin mit Linsen . . .
FRISEUSE:
Er blutet wieder, der Verband suppt durch.
ERWIN *zum Chef:*
Es wäre deine Pflicht, dich jetzt zu schonen.
CHEF:
Man sollte nach Verbandszeug sehn. *Erwin ab.*
WIEBE *zum Chef:*
Und auf der Bitterfelder Liste
stand jeder Spitzel aufgezählt.
Der Chef geht auf den Sessel zu, Damaschke folgt ihm.
DAMASCHKE:
Es wurde heftig debattiert,
ob auch das Streikrecht durch Verfassung.
Und jemand lief, ein Exemplar zu holen.
FRISEUSE:
Er kippt mir weg. Wer hat was?

SCHWEISSER *reicht seine Schnapsflasche:*
Sauf!

MAURER *trinkt:*
Na, dacht ich, schnell. Doch Hotten kniff.
Und auch die Kurbel, weil der Draht.
Egal, weil unten ganz Berlin,
ich einen Satz gemacht und wär beinah,
weil es so glitschig, auf die Fresse, klatsch.
Und zog.

FRISEUSE:
Er hing, die Füße frei!
So, sag ich, hing er. Und er zog!

MAURER:
Nur langsam, überhaupt nicht, weil.
Von wegen nur Minuten, – Jahre! *Trinkt.*
Gebannt von der Situation setzt sich der Chef.

SCHWEISSER:
Dann kamen Henningsdorfer, zwanzigtausend.

MAURER:
Doch wollt nicht runter.

FRISEUSE:
Runter, schrie Berlin!

MAURER:
Da hab ich nochmal hundertsechzig Pfund,
und mußt mich dann, weil mir die Puste,
und auf dem Adlon ein MG.

SCHWEISSER:
In Deckung, rief ich. Volle Deckung!

5. Szene

Der Zimmermann und der Monteur kommen von hinten links.

ZIMMERMANN:
Na, habt ihr den Wisch?

MONTEUR:
Die Beeskower kommen nicht durch!

Polier:
Und die Treptower Elektrowerke?
Zimmermann:
Neuntausend Mann marschieren.
Steinträger:
Und Plania? Abus-Maschinenbau?
Monteur:
Unterwegs. Dabei schifft es pausenlos.
Zimmermann:
Und die Zeitungskioske wollen nicht brennen.
Monteur:
Wir vom Prenzlauer Berg ins Amt für Warenkontrolle rein.
Drinnen war es trocken.
Strassenarbeiter:
Hier im Theater auch. Wir wollten was Schriftliches holen, bekamen aber nur Bier.
Polier:
Da ist noch welches.
Reicht dem Zimmermann und dem Monteur eine Flasche.
Friseuse:
Ihr kriegt den Hals nicht voll! Jetzt er.
Greift die Flasche, reicht sie dem Maurer.
Denn hätt er nicht nochmal, dann wär sie nie.
Zeigt den Arbeitern das Fahnentuch.
Hier, die hing jetzt noch oben ohne ihn.
Maurer:
Denn Hotten niemals, ich sie mit dem Messer.
Als nun der Mast alleine, kam von unten.
Da konnt ich nicht mehr, Hotten mußte,
weil schwindelfrei, sie von dem Westgesims ...
ahmt ein MG nach
Ich sag euch: brrr – und wir zwei beide
flach auf die Schnauze, Hacken weg.
Und hielt sie wie, entweder oder.
Nein, dacht ich, nein, und rollt mich weg.

6. Szene

Rufus und Flavus, jetzt nicht mehr im Kostüm, kommen von der Straße herein.

FLAVUS:
Von Jüterbog sollen sie anrollen, zwei Kolonnen.
RUFUS:
Chef, in Döberitz sollen die Sowjets die Blenden runterhaben. Dort laufen schon die Motore warm.
ZIMMERMANN:
Solln sie kommen! Auf dem Spittelmarkt, auf dem Alex. Kein Regen kommt durch. So dicht, sag ich euch, so dicht stehn die da.
Man hört aus der Ferne unartikulierte Lautsprecherdurchsagen.
FLAVUS:
Bloß wissen sie nicht wohin und rennen vom Potsdamer zum Alex und vom Alex zum Marx-Engels-Platz ...
RUFUS:
... wo die Straußberger gerade abziehen, weil alle zum Regierungsviertel ...
FLAVUS:
... wo die vom Spittelmarkt gerade gewesen sind, bevor sie zum Marx-Engels-Platz, Alex ...
RUFUS:
... wo sie sich teilten, weil sie dachten, daß die vom Potsdamer über den Marx-Engels-Platz ziehen ...
FLAVUS:
... und die vom Straußberger schon zum Regierungsviertel ...
RUFUS:
... wo die, die vom Spittelmarkt, gerade gewesen sind.

7. Szene

ERWIN *kommt mit Verbandszeug:*
Sie riegeln die Friedrichstraße ab!
KOSANKES STIMME *im Lautsprecher, entfernt:*
Genossen, zu euch spricht der Nationalpreisträger Kosanke.

Maurer, Eisenbahner, fortschrittliche Werktätige! *Lauter* Westagenten, Provokateure, Putschisten! *Während Kosankes Rede entfernt Arbeiterchöre:*

»Alle Ampeln stehn auf Grün,
wenn die aus Henningsdorf durch den Regen ziehn.«
»Die blaue Vopo ist verbittert,
weil uns der Regen nicht erschüttert.«
»Nicht Grotewohl und Adenauer,
Gesamtdeutsch nur mit Ollenhauer.«

ERWIN:
Die Regierung läßt Wasserwerfer und Lautsprecherwagen auffahren!
Gibt das Verbandszeug der Friseuse. Sie beginnt, den Maurer zu verbinden.

KOSANKES STIMME:
Aufwiegler, Revanchisten, Faschisten!

ZIMMERMANN:
Dem haben wir doch vorhin schon die Fresse gestopft.

WIEBE:
Laß ihn doch brüllen! Solidarisch mit uns: Rostock, Magdeburg, Görlitz. Wir fordern die sofortige Auflösung ...

KOSANKES STIMME:
Entlarvt die Westagenten ...

WIEBE:
Rücktritt der sogenannten ...

KOSANKES STIMME:
Auf der letzten Parteiaktivtagung ...

WIEBE:
Bildung einer neuen ...

KOSANKES STIMME:
Doch wir an der Seite der ruhmreichen ...

WIEBE:
... gesamtdeutschen ...

KOSANKES STIMME:
Aber die Klassenfeinde von drüben.

WIEBE:
Und fordern die Zulassung sämtlicher ...

KOSANKES STIMME:
Denn die Sowjetmacht ...

Damaschke:
Freie, geheime und direkte ...
Wiebe:
Wahlen, wir fordern Wahlen!
Kosankes Stimme:
Wenn auch Fehler, so hat sich doch niemand aus den Reihen der Fortschrittlichen ...
Wiebe:
Fordern ferner die sofortige Abschaffung und Freilassung aller, die sich ...
Damaschke:
Alle Gefangenen!
Kosankes Stimme:
Wer sich aber zum Werkzeug der Kapitalisten.
Damaschke:
Niemand aus religiösen und politischen Gründen darf ...
Kosankes Stimme:
Den Provokateuren und Putschisten aber ...
Wiebe:
Und fordern Freiheit!
Kosankes Stimme:
Wird die gerechte Strafe ...
Wiebe:
Freiheit!
Friseuse:
Genossen, still! *Pause. Ferne Panzergeräusche.*
Das kommt von weit. Und macht die Pflastersteine weich.
Die Panzer kommen.
Damaschke:
Es geht schief.
Putzer *nach einer kurzen Pause, halb für sich:*
Das sind, ich wette, ihre Nerven.
Zimmermann:
Sie hört den Regen auf dem Dach.
Damaschke:
Nein, ich hab keinem je im Leben was zu Leide.
Was sag ich? Er hat. Ich hab kaum.
Nichts hab ich zu verbergen. Nichts!
Die sollen von mir wissen, wer bei uns.

Läuft hinaus.
Nicht schießen! Nicht auf Deutsche schießen!

WIEBE *nach einer Pause zu den Arbeitern:*
Merkt euch den Namen: Heinz Damaschke.
Er sieht von einem zum anderen. Niemand reagiert. Die Panzergeräusche werden stärker. Plötzlich wendet er sich und geht.

FRISEUSE:
Wer klagt mit mir, wen klag ich an?
Mit Blei gefüllt der Freiheit schöne Form?
Und niemand, niemand außer dir ...

MAURER *unbeteiligt:*
So hielt ich sie und ließ sie dann
von oben auf das Pflaster: klatsch.

FRISEUSE:
Komm runter, rief Berlin! Mach runter!

MAURER:
Wobei ich mir mein Schienbein, als wir runter.

FRISEUSE:
Auf Schultern hat man ihn, auch Hotten!

MAURER:
Und jemand hat mir einfach hier die Uhr.
Zeigt die Uhr.

FRISEUSE *nimmt das Fahnentuch:*
Zerreißen wollt man sie, ich sagte nein!
Und andre mit dem Feuerzeug im Regen.
Doch da sie und nicht brannte, sondern,
hat er sie, weil sie ihm, nur ihm,
sich dreieinhalbmal um den Leib.
Und ist im Kreis, es haben Linsen,
wie er gerannt, gerannt, ein Held!
ihn hundertmal belichtet, weil er ist.

STEINTRÄGER:
Und wenn es wirklich Panzer sind?

FRISEUSE:
Kommt raus und seht die schweren Kröten,
wie sie ihr stählernes Gekröse
auf unserem Pflaster scheppern lassen.

STRASSENARBEITER:
Da kannste machen nix. Da mußte gucken zu.

FRISEUSE:
Ihr Memmen, fällt euch gar nichts ein? –
ERWIN:
Die könnt von dir sein, Chef.
CHEF:
Fast fürchte ich, sie ist von mir.
FRISEUSE:
Ich könnt so'n Ding mit Kölnisch Wasser knacken.
CHEF:
Dies Mundstück einer C-Trompete
bläst Wünsche wach, die besser schlafen sollten.
FRISEUSE:
Ich kenn dich gut.
CHEF:
Auch du bist mir nicht neu.
FRISEUSE:
Ich bin Friseuse schon vier Jahr'.
Doch schon mit siebzehn ging ich ins Theater:
Da, – da hab ich gesessen, als hier oben
die Kattrin auf dem Dach saß, stumm, und hat getrommelt,
wie ich jetzt schreie: Panzer kommen!
Los Chef, kriech raus aus deinem Bau:
Laß uns der Welt ein Stück aufsagen!
Das auf der Straße spielt, auf Barrikaden.
Benzin in Flaschen, Gips in Auspuffrohre.
Die Schlitze zugespachtelt, bis sie blind
sich in die Flanken kurven: Schrott
sind alle Panzer, wenn wir beide
Berlin ein Zeichen geben, komm!
CHEF *lacht:*
Ich soll mit dir?
FRISEUSE:
Ja. Mach. Komm. Wir!
CHEF *noch immer lachend:*
Wir beide?
FRISEUSE:
Du. Ich. Alle! Komm!
CHEF:
Was meinst du? Ich: dabei sein, losgelassen . . .

FRISEUSE:
Die Linden runter, auf den Marx- und Engels-Platz ...
CHEF:
Wie früher unter leergefegtem Himmel ...
FRISEUSE:
Dann nehmen wir den Sender und du sprichst!
CHEF:
Gedichtelang alleine, Flucht ...
FRISEUSE:
Zu allen sprichst du.
CHEF:
Chaos, Flüsse, treiben lassen ...
FRISEUSE:
Nun komm!
CHEF:
Schon jetzt?
FRISEUSE:
Komm!
CHEF:
Ja.
Die Friseuse geht voran, der Chef folgt, die Arbeiter, Flavus und Rufus und auch Erwin wollen sich anschließen. Volumnia kommt ihnen entgegen.

8. Szene

VOLUMNIA:
Auf wessen Begräbnis seid ihr geladen? *Zu Erwin:* Wen begräbt man am späten Nachmittag?
ERWIN:
Ich nehme an: Stalin. Sowas hat sieben Leben.
VOLUMNIA:
Acht, sage ich. *Zum Chef:* Er ist auferstanden und feiert Ostern.
FRISEUSE:
Hört nicht hin. Werft die Ohren weg.

VOLUMNIA *zeigt auf ein Flugblatt:*
Hier, unterzeichnet Dibrowa, Stadtkommandant. Wenn ihr schon wegwerft, dann stellt euch auch blind.
PUTZER *liest:*
Ausnahmezustand verhängt. Kriegsgesetz herrscht.
VOLUMNIA:
Ich bitt euch, seid wieder harmlos und überlegt Antworten; man wird Fragen stellen.
Der Chef nimmt der Friseuse die Fahne ab.
FRISEUSE *zum Chef:*
Das war eine kurze Verlobung.
Volumnia und Erwin geleiten die Friseuse und die Arbeiter von der Bühne.
VOLUMNIA:
Wir nehmen den Bühneneingang, ihr geht durchs Magazin.
Volumnia und Erwin, jeder mit einer Gruppe nach verschiedenen Seiten ab.
ERWIN:
Und nicht in Gruppen. Geht zu zweit, höchstens zu dritt.
Alle ab, der Chef bleibt allein und hält die Fahne.

9. Szene

CHEF:
Verwirrte Kinder beten eine Taube an:
»Komm, heiliger Geist, kehr bei uns ein!«
Komm, meine Taube, komm, Vernunft.
Komm, heiliger Geist, du erster Atheist,
scheu keine Treppen, nimm den Noteingang,
geh mich mit harten Requisiten an.
Ich, wissend, listig, kühl, allein,
war ein Gedicht lang fast dabei.
Zurückgeblieben – leere Flaschen:
ihr schaut mich an, als wäre ich durchschaut.
So wie ein Säugling, unerwünscht,
ist mir ein roter Lappen unterschoben worden.
Wen soll ich damit kleiden? Coriolan?
Hier, dieser Plunder stellte mir ein Bein.

Ich stolperte, ich griff nicht zu,
ich hab mir meine Finger, zehn,
vom Zögern schwer vergolden lassen. – *Da*
Hier stand der Maurer, Jahrgang zwei [illegible] du,
»Er schreibt da was, ist das für u[illegible], du, du bist ein
Von dort der alte Sozi: »Heut [illegible]ochter und ga[illegible]
ist unser Mittwoch, Chef.«
Was sagte ich? Das trifft mich ni[illegible] *Er bleibt in d*
Es atmete der heilge Geist.
Ich hielt's für Zugluft,
rief: wer stört!
Er geht zum Bandgerät. Nach ei[illegible] [illegible]te[illegible]karte
läßt er das Band hörbar rückwär[illegible]

Vorhang.

angefallenen Materials: lassen sich Panzer auf der Bühne verwenden? Was meinen Sie, Chef?

LITTHENNER:
Es waren sowjetische Panzer.

PODULLA *zynisch:*
Ja doch! Fragen wir uns: der Querschnitt eines sowjetischen Panzers – kann er Ort einer Szene sein? Oder gar eines zu schreibenden Stückes?
Fängt an, mit Stühlen einen Panzer zu markieren.

LITTHENNER:
Sie haben unsere Arbeiter auseinandergetrieben.

ERWIN:
Ich meine, ihr solltet daran denken, daß wir heute noch dran sind.

LITTHENNER:
Liegen Beschlüsse vor?

ERWIN:
Man tagt noch.

3. Szene

Coctor, Varro, Brennus – nicht mehr im Kostüm – kommen von draußen.

COCTOR:
Chef! Alles war ganz anders. Sie sägten ihnen die Antennen ab. Ich hab Maurer gesehen, die spachtelten Gips in die Sehschlitze.

BRENNUS:
Und einer, ich bin Zeuge, hat seine Aktentasche gerollt und rein ins Auspuffrohr.

PODULLA:
Sag ich doch: zeigen wir Demontage eines Panzers auf offener Bühne! *Macht sich an seinen Stühlen zu schaffen.*

VARRO:
Mit Brechstangen und T-Trägern versuchten sie es.

BRENNUS:
Und jemand, wie gestochen, sprang zuerst vor ihm hin und her,

dann rauf wie ein Affe und schrie und schrie: Vorsicht, Genossen, ich explodiere!

VARRO:

Der war ganz platt, nachdem die Kolonne drüber weg.

LITTHENNER:

Aber die Sowjets wußten gar nicht, warum sie und wohin sie.

PODULLA:

Panzerkommandant an Towarischtsch Panzerfahrer: Siehst du Panzer amerikanski?

LITTHENNER:

Sie kurvten unter den Linden und auf dem Alex.

PODULLA:

Panzerfahrer an Towarischtsch Kommandant: Sehe durch Sehschlitz nur fortschrittliche Arbeiter auf Fahrrädern. Suchen Panzer amerikanski, wie wir.

LITTHENNER:

Nimm dich zusammen.

PODULLA:

Kommandant an Towarischtsch Funker: Frage an General Dibrowa, Stadtkommandant, wo wir und was wir.

ERWIN *schreit:*

Hör auf!

PODULLA:

Panzerfunker an Kommandant: Keine Verbindung mit Towarischtsch General!

ERWIN *leise:*

Ich sagte: hör auf! *Stille.*

Ich sah nur unsere Ohnmacht – und ich sah die Panzer.

BRENNUS:

Die Panzer kurvten wie verrückt.

LITTHENNER:

Ich sah die Panzer – und sah ihn.

PODULLA:

Mit bloßen Händen wollt ich irgendetwas tun.

LITTHENNER:

Er warf mit Steinen. Manche trafen.

PODULLA:

Das hat mir gut getan: das Steinewerfen.

Kosanke und Volumnia kommen.

4. Szene

KOSANKE:

Immer noch fleißig!? Neue, die Welt bewegende Theorien entwickelt? Na Chef? So stumm? Der Vorrat an Spott verbraucht? Und das Künstlervölkchen? Angstschweiß auf Schminke? – Hier, eure erste Kraft holte mich: Komm, Kosanke, komm! Es fehlt uns dein Rat. Wir sollten gemeinsam! – Dieser Thron ist wohl frei. –

Er setzt sich in den Regiesessel des Chefs. Volumnia tritt an den Chef heran. Erwin folgt.

VOLUMNIA:

Du staunst, weil ich mir die Finger schmutzig mache?

CHEF:

Dein Opfermut ist für die Katz.

VOLUMNIA:

Denk an dein Theater, die veränderte Lage stellt Forderungen an uns.

CHEF:

Laß den Plural. Wer gab dir den Auftrag, Bittgesuche zu stellen!

ERWIN:

Wir sollten den Eindruck vermeiden, irgendjemand in diesem Hause habe – und sei's für Minuten – geschwankt.

KOSANKE:

Hat sich die Sippschaft ausgesprochen?

VOLUMNIA:

Du solltest ihn zur Mitarbeit auffordern. Er hat Stücke geschrieben.

CHEF:

Meine List kennt Grenzen.

KOSANKE *der inzwischen die Plebejer und die Assistenten gemustert hat:*

Euch kenne ich. Den da, den und die beiden hat sich dies Auge notiert. Zwischen die Meute geklemmt. Stimmt's? Stimmt's? – Na also.

CHEF *erkennt die Situation, geht liebenswürdig auf Kosanke zu:*

Ich hörte von deinen Reden und ihrem Erfolg.

KOSANKE:

Ja. Ich habe gesprochen.

CHEF:

Wie? Einfach so? Das könnte ich nicht.

KOSANKE:

Zu wem auch? Nicht gemuckst haben sie. *Zu Plebejern und Assistenten:* Habt ihr? Als ich vom Panzer herab!

CHEF:

Aber mit Mikrofon.

KOSANKE:

Ohne! Vom Panzer herab, ohne:
Wahrlich, ihr Maurer!
Gratis, wie um das Volk zu beschenken,
hat euch gebräunt die sozialistische Sonne.
Und habt euch dennoch gemein gemacht
mit jenen windigen Bubis von drüben?
Mit Strichjungen halbstark und ausgehalten?

PODULLA *scheinbar ernst:*

Mit Provokateuren, Faschisten, Agenten ...

KOSANKE:

Mit Revanchisten und Reaktionären!
Aber es ließ euch die Vopo ziehen dahin
und krümmte ihn nicht, den Finger am Hahn.
Denn einen Tag nur, solange ein Bierrausch mag währen,
folgtet ihr einem Agenten, der sich als Zimmermann gab.
Sargmacher aber der Zimmermann war.
Doch wie man mit flacher Hand
von der Jacke klopft lästigen Staub,
fegte rein unsere Stadt die ruhmreiche Sowjetmacht.

CHEF *vor sich hin:*

Ja, es gab Tote, ich weiß.

KOSANKE:

Drum sag ich, zur Milde neigend:
Gut beraten ihr wart, nicht zu kämpfen mit Freunden.
Es kämpft nur, wer Ursache hat, ihr hattet Ursache nicht.
Und dürft jetzt, früh noch am Abend,
folgsamen Kindern gleich,
zu Bett gehn, eh Neune es schlägt.
Morgen jedoch, mit der Sonne, werdet in die Gerüste

ihr steigen müssen, freiwillig,
die Steine setzen, ihr Maurer,
stampfen Beton und mengen die Speis.
Freiwillig die Norm erfüllen,
bis abgetragen die Schuld und vergessen die Schmach.
Schweigen.

CHEF *klatscht kurz:*

So kühn warst du, Kosanke? So mächtig der Worte und gleichnishaft hast du vom Panzer, wie Christus vom Weltgebäude herab, gedonnert?

KOSANKE:

Dein Beifall bekundet, daß auch du deinen Namen unter diese Liste setzen wirst. Soll ich aufzählen, wer neben mir seine Verbundenheit mit der Sozialistischen Einheitspartei bekräftigt hat?

CHEF:

Sie sind mir geläufig, die großen Namen. Oft genug sah ich sie auf dem Papier vereint, wenn es galt, Ergebenheit zu bezeugen.

KOSANKE:

Um so leichter wird es dir fallen, auch deinen, den größten Namen herzugeben.
Er reicht dem Chef das Blatt. Der Chef nimmt es, ohne es anzusehen. Es entsteht eine Pause.

VOLUMNIA *blickt Erwin an, geht auf den Chef zu:*

Man wird uns das neue Haus streichen. Seit Monaten arbeiten wir auf die versprochene Drehbühne hin. Und du benimmst dich, als gelte es, eine Privatfehde auszutragen. *Der Chef reagiert nicht.* Wir bestehen darauf, daß du dich von den konterrevolutionären Umtrieben distanzierst und der Regierung Glückwünsche, jawohl: Glückwünsche aussprichst, anläßlich des Sieges über Putschisten und Provokateure. – Soll ich zuerst? *Der Chef gibt das Blatt Kosanke zurück.* Mann, denke an uns, also an dein Theater.

CHEF:

Wie heißt das Viech? Wie heißt das Viech? Ändert die Farbe auf Wunsch? Chamäleon. Chamäleon! – Nein. Wieviele Wandlungen traust du mir zu?! Zuerst sollte ich euch den Helden mimen; als es sich mir verbot, auf die Straße zu gehen, hielt man mich für eine treffliche Coriolan-Besetzung. Und wie jener den Aufidius, soll ich jetzt Kosanke umarmen. Man bietet mir Rollen an. Allzu leicht spielbare. – Da! Laßt ihn unterschreiben! *Schüttelt die Coriolan-Puppe.* Er rührt sich.

KOSANKE:
Spar deinen Geist. Zur Unterschrift, bitte!

CHEF:
Selbst wenn ich Handschuhe zu Hilfe nähme, die Finger würden im Streik verharren.

KOSANKE:
Die Initialen genügen. – Fällt das so schwer?

CHEF *Wort für Wort Kosanke ins Gesicht:*
Als die Maurer vom Sieg plapperten, waren sie mir lächerlich. Erst ihre Niederlage überzeugte mich ...

VOLUMNIA:
Halt klaren Kopf!

KOSANKE *herausfordernd:*
Wovon?

CHEF:
... daß wir, zum Beispiel, den Shakespeare nicht ändern können, solange wir uns nicht ändern.

LITTHENNER:
Soll das heißen, wir lassen den Coriolan fallen?

CHEF:
Er ließ uns. Von oben herab. Von nun an stehen wir uns im Wege. Wo eben noch fester Boden, grinsen sich schnell vermehrende Risse. Vor Stunden noch war ich reich an Schimpfworten, jetzt fehlt mir eines, das seine, deine und meine Kopfgröße hätte. – Und wir wollten ihn abtragen, den Koloß Coriolan! Wir, selber kolossal und des Abbruchs würdig. *Zu den Plebejern:* Ich danke euch. *Die Plebejer gehen ab. Zu Litthenner und Podulla:* Archiviert die Regiebücher. Einmotten soll man Plebejerlumpen. Roms Kulissen ins Arsenal. – Und auch dich, Kosanke, will diese Bühne nicht länger ertragen.
Der Chef geht zum Regietisch, setzt sich. Betont korrekt setzt er die Brille auf, rückt das Schreibpapier zurecht, beginnt zu schreiben.

Volumnia lacht, hört nicht auf. Litthenner und Podulla lachen mit. Kosanke außer Atem:
Gar nicht komisch finde ich das. Gar nicht komisch! *Zu Volumnia.* Im Hals stecken bleiben wird euch das Lachen. Verluste wird dieses Haus erleiden. *Deutet auf Litthenner und Podulla.* Kennt ihr Bautzen? Dem da und dem ist ein längeres Gastspiel in Bautzen gewiß. *Zum Chef.* Und auch du bist zu ersetzen. *Er geht ab.*

ERWIN *ernst:*
Ich fürchte, einen Bumerang haben wir hinausgeworfen. Wer, wenn er abermals ankommt, wird ihn auffangen?

6. Szene

CHEF:
Nicht nur Kosanke hat Schwierigkeiten mit der Sprache.

VOLUMNIA:
Hast du dem Aufstand einen Nekrolog geschrieben? *Zu Erwin:* Schon meinte ich, er habe das Schreiben verlernt, da überrascht er uns mit einem Produkt. *Nimmt ihm das Blatt ab.*

CHEF:
Es ist die vierte Fassung. Allzu oft wurde ich unterbrochen. *Volumnia und Erwin überfliegen den Text. Dann liest Erwin laut.*

ERWIN:
An den Ersten Sekretär des Zentralkomitees . . .

VOLUMNIA *nimmt ihm das Blatt ab:*
Warum laut verlesen, was leisetreterisch daherkommt! In drei Absätzen hast du dich kurzgefaßt. Die beiden ersten geben sich kritisch und bezeichnen die Maßnahmen der Regierung und also der Partei als voreilig. Und im letzten ist es dir ein Bedürfnis, Verbundenheit mit allen zuvor Kritisierten auszudrücken. Warum nicht gleich mit Kosanke in einer Linie? Denn die kritischen Absätze wird man dir streichen, nur die Verbundenheit wird man ausposaunen und dich bis Ultimo beschämen.

CHEF:
Hier, unter dem Original entstand die Kopie. Gesegnet sei das Kohlepapier.

Erwin:

So etwas lagert in Archiven, gerät unter Verschluß, wird dem unveröffentlichten Nachlaß zugeschlagen und kommt zu spät an den Tag.

Volumnia:

Und um dich werden Legenden sich bilden: Eigentlich war er dagegen. Vielmehr dafür, eigentlich. Gesprochen hat er so, aber sein Herz war, – wo eigentlich? Beliebig wird man dich deuten: Ein zynischer Opportunist; ein Idealist üblicher Machart; er dachte nur ans Theater; er schrieb und dachte fürs Volk. Für welches? Mache dich deutlich. Eck an oder paß dich an. Und schreibe verzahnt, daß jene, die kürzen wollen, den Ansatz nicht finden.

Chef:

Niemand wird wagen, Zensur zu üben.

Volumnia:

Sei nicht kindisch. Ich weiß, du rechnest mit Strichen.

Erwin:

Ja, selbst ungekürzt liest sich das dürftig. Bist wirklich du der Verfasser? Dürftig und peinlich zugleich.

Chef:

Und dem Gegenstand angemessen. Soll ich schreiben: Glückwünsche ihnen, den verdienten Mördern des Volkes? Oder Glückwünsche ihnen, den unwissenden Überlebenden eines dürftigen Aufstandes? Und welcher Glückwunsch erreicht die Toten? – Ich, nur kleiner, verlegener Worte mächtig, schaute dem zu. Maurer, Eisenbahner, Schweißer und Kabelwickler blieben allein. Hausfrauen wollten nicht abseits stehen. Sogar Volkspolizisten schnallten die Koppel ab. Das Standgericht ist ihnen gewiß. Aufstocken wird man die Zuchthäuser in unserem Lager. – Aber auch drüben wird sich die Lüge amtlich geben. Der Heuchelei Gesicht wird Trauerfalten üben. Mein voreiliges Auge sieht nationale Lappen auf Halbmast fallen. Der Redner Chor, ich höre, wird solange aus dem Wort Freiheit schöpfen, bis es leergelöffelt ist. Jahre am Schnürchen stolpern dahin. Und nachdem man es zehn-, elfmal gezupft haben wird, das feierliche Kalenderblatt, wird man im Suff begehen den Siebzehnten, wie in meiner Jugend den Sedanstag. Satt ins Grüne ziehen seh ich im Westen ein Volk. Was übrig bleibt: leer-

gefeierte Flaschen, Butterbrotpapier, Bierleichen und richtige Leichen; denn an Feiertagen fordert der Verkehr ein Übersoll an Opfern. – Hier jedoch werden die Zuchthäuser nach elf, zwölf Jahren die Wrackteile dieses Aufstandes ausspeien. Die Anklage wird umhergehen. Viele Pakete Schuld wird sie adressieren und abschicken. Unser Paket ist schon da.
Übergibt Original und Kopie Litthenner und Podulla. Seid so gut und spielt mir die Boten. Das Original zum Sitz des Zentralkomitees; die Kopie sollte bei Freunden im Westen sicher liegen.

PODULLA:
Chef, man wird höhnen, wir tragen auf beiden Schultern.

CHEF:
Antwortet: Da wir zwei haben, nutzen wir jede.

LITTHENNER:
Und die Geschichte?

CHEF:
Sie wird urteilen.

PODULLA:
Verurteilen wird sie uns.

CHEF:
Um ihr den Schuldspruch zu erschweren, sollten dieses Original und jene Kopie endlich ans Ziel kommen.

LITTHENNER:
Man muß sich von nun an nicht schämen?

CHEF:
Schon schäme ich mich.
Litthenner und Podulla gehen ab. Erwin zieht den Regiesessel in die Nähe des Chefs.

7. Szene

ERWIN:
Du solltest dich setzen.

CHEF:
Deine Fürsorge macht mich klein.

VOLUMNIA:
Auch ohne Fürsorge – bald bist du schlaflos.

ERWIN:
Was nun? Eine Reise? Etwas, das heiterer stimmt?
CHEF:
Ich pachtete ein Haus, zwischen Pappeln, am See gelegen.
VOLUMNIA:
Auch dort wird es dich einholen.
CHEF:
Den Rudernden könnte ich zuschauen. Wie sie sich abmühen. Oder wieder Horaz lesen. Ihr seht, notfalls bleiben die Bücher.
VOLUMNIA:
Den Leser werden sie ausspeien.
CHEF:
Nun gut. Vielleicht fallen bei all dem Elend Gedichte ab.
VOLUMNIA:
Du willst wieder schreiben?
CHEF:
Erschreckt dich mein Vorhaben?
VOLUMNIA:
Ja, mein Freund. Ich fürchte, die Wahrheit wird dich beredt machen.
CHEF *steht auf, sammelt seine Unterlagen zusammen:* Schreiben wie früher. Als wenig mich kümmerte. Schmeckte wie Eier im Glas und half kurzfristig. Später dann, zwischen Birken im Norden, wo immer ich auf dem Koffer fluchtbereit saß. Die Freunde überlebend. Wortarm. Weniger Substantive gewiß.
ERWIN:
Wäre es nicht klüger, Hand an ein Stück zu legen?
CHEF:
Neues von heute?
VOLUMNIA:
Gut, geh auf's Land. – Aber laß deine List hier. Sie könnte uns morgen schon fehlen. *Sie geht ab.*
ERWIN:
Würde ich stören, käme ich übers Wochenende? Die Stille dort reicht für zwei. *Langsam folgt er Volumnia.*

8. Szene

Der Chef packt seine Papiere ein, nimmt seine Mütze und geht langsam zum Bandgerät. Er bleibt davor stehen. Aus der Nullgasse rechts kommt der Beleuchter Kowalski, angezogen, um nach Hause zu gehen.

KOWALSKI:
Chef?
CHEF:
Ja? – Kowalski, was gibt's denn?
KOWALSKI:
Ich wollte nur mal kurz an meinen Urlaub erinnern, bevor Sie.
CHEF:
Mach Urlaub, Kowalski.
KOWALSKI:
Gut, Chef. Die neuen Niedervoltapparate habe ich angeschlossen.
Er geht über die Bühne nach links hinten ab. Die Eisentür fällt ins Schloß. – Der Chef sieht aufs Bandgerät.
CHEF:
Fortan dahinleben mit Stimmen im Ohr: Du. Du. Ich sag dir, du. Weißt du, was du bist? Du bist, du, du bist . . . Unwissende. Ihr Unwissenden! Schuldbewußt klag ich euch an.
Er geht langsam ab.

Vorhang

Lieferbare Werke von Günter Grass bei Luchterhand

Ach Butt, dein Märchen geht böse aus
Gedichte und Radierungen. Sammlung Luchterhand Bildbuch Band 470

Aufsätze zur Literatur (1957 - 1979)
Broschiert.

Aus dem Tagebuch einer Schnecke
Gebunden.
Sammlung Luchterhand Band 310. Broschiert.

Ausgefragt
Gedichte und Zeichnungen. Broschiert.

Die Blechtrommel
Roman. Danziger Trilogie 1
Sammlung Luchterhand Band 147. Broschiert.

Die bösen Köche
Ein Drama. Mit einem Nachwort von Peter Spycher.
Sammlung Luchterhand Band 436. Broschiert.

Der Butt
Roman. Gebunden.

Danziger Trilogie
Die Blechtrommel. Katz und Maus. Hundejahre.
Mit einem Nachwort von John Reddick. Gebunden.

Denkzettel
Politische Reden und Aufsätze 1965 - 1976.
Mit einem Vorwort von Erhard Eppler.
Sammlung Luchterhand Band 261. Broschiert.

Gesammelte Gedichte
Mit einem Vorwort von Heinrich Vormweg.
Sammlung Luchterhand Band 34. Broschiert.

Gleisdreieck
Gedichte und Zeichnungen. Broschiert.

Hundejahre
Roman. Gebunden.
Danziger Trilogie 3. Sammlung Luchterhand
Band 149. Broschiert.

Katz und Maus
Eine Novelle. Gebunden.
Danziger Trilogie 2. Sammlung Luchterhand
Band 148. Broschiert.

Kopfgeburten oder Die Deutschen sterben aus
Gebunden.
Sammlung Luchterhand Band 356. Broschiert.

örtlich betäubt
Roman. Gebunden.
Sammlung Luchterhand Band 195. Broschiert.

Onkel, Onkel
Ein Spiel in vier Akten. Sammlung Luchterhand
Band 466. Broschiert.

Die Plebejer proben den Aufstand
Ein deutsches Trauerspiel. Sammlung Luchterhand
Band 250. Broschiert.

Das Treffen in Telgte
Eine Erzählung. Gebunden.

Die Vorzüge der Windhühner
Gedichte, Prosa und Zeichnungen. Gebunden.

Widerstand lernen
Politische Gegenreden 1980 - 1983.
Mit einem Vorwort von Oskar Lafontaine.
Sammlung Luchterhand Band 555. Broschiert.

Zeichnen und Schreiben
Das bildnerische Werk des Schriftstellers Günter Grass
Band 1: Zeichnungen und Texte 1954 - 1977.
Herausgegeben von Anselm Dreher. Textauswahl und
Nachwort von Sigrid Mayer. Leinen in Schuber.
Band 2: Radierungen und Texte 1972 - 1982.
Herausgegeben von Anselm Dreher. Textauswahl und
Nachwort von Sigrid Mayer. Mit einem Vorwort von
Wieland Schmied. Leinen in Schuber.

Luchterhand